JN167102
＊あいら＊・著
朝香《あさか》のりこ・絵＆原作
VAMPIRE AND THE ROSE
吸《きゅう》血《けつ》鬼《き》と薔《ば》薇《ら》少《しょう》女《じょ》
③学《がく》園《えん》祭《さい》に新《あら》たなイケメン吸《きゅう》血《けつ》鬼《き》現《あらわ》る！

甘々《あまあま》な恋人関係《こいびとかんけい》を続《つづ》けている千結《ちゆ》と夜宮《よみや》の前《まえ》に現《あらわ》れた、最大《さいだい》のライバル⁉

「僕《ぼく》は桐生一翠《きりゅういっすい》。月城学園《つきしろがくえん》の生徒会長《せいとかいちょう》だ」

学園祭《がくえんさい》は波乱《はらん》の予感《よかん》……⁉

「夜宮《よみや》くんの……嘘《うそ》つきっ……」

ふたりの仲《なか》に、亀裂《きれつ》が……⁉

「この勝負《しょうぶ》に勝《か》ったら、千結《ちゆ》を僕《ぼく》にちょうだい」
「千結《ちゆ》と別《わか》れるとか、ありえないから」

最強《さいきょう》吸血鬼《きゅうけつき》VS最強《さいきょう》吸血鬼《きゅうけつき》！
最強《さいきょう》のふたりに奪《うば》い合《あ》われて、溺愛《できあい》が止《と》まらない⁉

「誰《だれ》かに夢中《むちゅう》になったのは初《はじ》めてなんだ。僕《ぼく》のことを好《す》きになって」

学園祭《がくえんさい》と、恋《こい》の行方《ゆくえ》は――。

「千結《ちゆ》以外《いがい》は無理《むり》って言《い》っただろ。後《あと》にも先《さき》にも、俺《おれ》は千結《ちゆ》しかいらないから」

溺愛男子《できあいだんし》たちの想《おも》いが爆発《ばくはつ》？　争奪戦《そうだつせん》の第《だい》③巻《かん》スタート！

VAMPIRE AND THE ROSE
吸血鬼と薔薇少女
③学園祭に新たなイケメン吸血鬼現る！
キャラクター
紹介《しょうかい》
夜《よ》宮《みや》朔《さく》
千結《ちゆ》と同《おな》じクラスの吸血鬼《きゅうけつき》。イケメンで女子《じょし》にモテモテだけど、じつは意外《いがい》な素顔《すがお》を隠《かく》しているようで…？
白《しろ》咲《さき》千《ち》結《ゆ》
男子《だんし》が苦手《にがて》な中《ちゅう》２女子《じょし》。お人《ひと》よしで、困《こま》っている人《ひと》を見《み》かけると放《ほう》っておけない性格《せいかく》。
吸血鬼《きゅうけつき》とは？
異性《いせい》の血《ち》を吸《す》って生《い》きる存在《そんざい》。ひとつの街《まち》にひとりくらいの割合《わりあい》でいる。自分《じぶん》だけに血《ち》をくれる女《おんな》の子《こ》のことを「薔薇少女《ばらしょうじょ》」と呼《よ》ぶらしくて…？

都築《つづき》凛《りん》

千結《ちゆ》の親友《しんゆう》。ボーイッシュなしっかり者《もの》。悩《なや》みがちな千結《ちゆ》に、ズバッとアドバイスしてくれる。

雪野《ゆきの》陽葵《ひまり》

千結《ちゆ》の親友《しんゆう》。一見《いっけん》おっとりしたタイプだけど、いざという時《とき》に頼《たよ》りになるあざとかわいい女子《じょし》。

山吹《やまぶき》牙緒《がお》

千結《ちゆ》のクラスに転校《てんこう》してきた狼《おおかみ》男《おとこ》。電車《でんしゃ》で体調《たいちょう》を崩《くず》した時《とき》に助《たす》けてくれた千結《ちゆ》が好《す》き。

桐生《きりゅう》 一翠《いっすい》

吸血鬼《きゅうけつき》が通《かよ》う月城学園《つきしろがくえん》の生徒会《せいとかい》長《ちょう》。千結《ちゆ》と出会《であ》うなり、一目惚《ひとめぼ》れしたと告白《こくはく》してきて…!?

あらすじ
私《わたし》のクラスには
吸血鬼《きゅうけつき》がいる
1つの街《まち》に1人《り》はいる
くらいの割合《わりあい》で
吸血鬼《きゅうけつき》は存在《そんざい》する
同《おな》じクラスの
夜宮朔《よみやさく》くんもその1人《り》
夜宮《よみや》くん…!?

どうしたの!?
…今日《きょう》 血《ち》 飲《の》めてなくて
ハァ ハァ
夜宮《よみや》くん 辛《つら》そう
夜宮《よみや》くん!
私《わたし》の血《ち》 吸《す》って!
とっさに血《ち》をあげて 助《たす》けてあげられたけど…
俺《おれ》、もう 白咲《しろさき》の血《ち》しか 吸《す》わない
とんでもないヒミツの関係《かんけい》が はじまっちゃった…!?

今回《こんかい》のお話《はなし》は…
学園祭《がくえんさい》の季節《きせつ》がきて、姉妹校《しまいこう》の月城学園《つきしろがくえん》へ行《い》くことに。
そこで出会《であ》った吸血鬼《きゅうけつき》・一翠《いっすい》くんからカップルコンテストの相手《あいて》に指名《しめい》されて…!?
えっ
よ
夜宮《よみや》くん!?
夜宮《よみや》くんは千結《ちゆ》を守《まも》りきれる!?
続《つづ》きは本文《ほんぶん》を読《よ》んでね!

もくじ

もくじ

月城学園《つきしろがくえん》の生徒会長《せいとかいちょう》

夜宮《よみや》くんを追《お》いかけて、やってきた月城学園《つきしろがくえん》。

「そこで何《なに》をしているの？」

え……？

声《こえ》が聞《き》こえたほうを見《み》ると、そこには月城《つきしろ》の制服《せいふく》を着《き》た人《ひと》がいた。

同《おな》じ人間《にんげん》かと疑《うたが》うほど、きれいな男《おとこ》の人《ひと》が。

まるで……おとぎ話《ばなし》にでてくる、王子様《おうじさま》みたい……。

「君《きみ》……」

なぜかその人《ひと》も、私《わたし》を見《み》て目《め》を見開《みひら》いている。

「名前《なまえ》は……？」

「え？　し、白咲千結《しろさきちゆ》です、けっして変《へん》なものじゃなくて……」

「千結《ちゆ》、か……」

私《わたし》の名前《なまえ》を繰《く》り返《かえ》すように口《くち》にしたその人《ひと》は、ゆっくりと近《ちか》づいてきて、私《わたし》の目《め》の前《まえ》で足《あし》を止《と》めた。

「どうしよう……君《きみ》に一目惚《ひとめぼ》れしてしまったみたいだ」

「へ？」

彼《かれ》の言葉《ことば》に、私《わたし》は目《め》をぎょっと見開《みひら》いた。

な、何言《なにい》ってるの、この人《ひと》っ……！

「甘《あま》い匂《にお》いに誘《さそ》われてきたんだけど……君《きみ》も、美味《おい》しそうな匂《にお》いがするね」

彼《かれ》は私《わたし》の手《て》をとって、手《て》の甲《こう》にキスをしてきた。

「なっ」

かあああっと、顔《かお》が熱《あつ》くなるのを感《かん》じる。
キ、キス……!?
「……というか、これは君《きみ》の匂《にお》いか。とてもきれいだから、吸血鬼《きゅうけつき》かと思《おも》ったけど……

人間《にんげん》？」

き、きれいな人《ひと》にきれいって言《い》われても……。

「に、人間《にんげん》です」

ひとまず質問《しつもん》に答《こた》えると、彼《かれ》はふふっと花《はな》が咲《さ》くみたいに笑《わら》った。

「やっぱり……星《ほし》ノ宮《みや》の制服《せいふく》を着《き》ているから、すぐにわかったよ」

星《ほし》ノ宮《みや》の、制服《せいふく》を着《き》てるから？

「どういうことですか……？」

「星《ほし》ノ宮《みや》には……吸血鬼《きゅうけつき》はひとりしかいないでしょ？」

それは……まるで夜宮《よみや》くんのことを、知《し》っているみたいな言《い》い方《かた》だった。

「千結《ちゆ》！」

背後《はいご》から聞《き》こえた夜宮《よみや》くんの声《こえ》に、反射的《はんしゃてき》に振《ふ》り返《かえ》る。

視界《しかい》に映《うつ》ったのは、焦《あせ》った表情《ひょうじょう》で駆《か》けよってくる夜宮《よみや》くんの姿《すがた》。

そうだ……よ、夜宮《よみや》くんを追《お》いかけて、ここに来《き》たんだった……！

彼《かれ》と会《あ》った衝撃《しょうげき》で、本来《ほんらい》の目的《もくてき》を忘《わす》れてたっ……。

「ここで何《なに》して……」

「朔《さく》……！」

私《わたし》の目《め》の前《まえ》で立《た》ち止《ど》まった夜宮《よみや》くんを見《み》て、嬉《うれ》しそうに顔《かお》をほころばせたきれいなその人《ひと》。

夜宮《よみや》くんもその人《ひと》を見《み》て、驚《おどろ》いたように目《め》を見開《みひら》いた。

「一翠《いっすい》……」

名前《なまえ》を呼《よ》び合《あ》ったふたりを見《み》て、私《わたし》はびっくりしてふたりの顔《かお》を交互《こうご》に見《み》た。

ふたりとも、知《し》り合《あ》いなのかな……？

「あー……一翠《いっすい》は、遠《とお》い親戚《しんせき》なんだ」

親戚《しんせき》……!?

「といっても、ゆっくり話《はな》した事《こと》はなかったけどね。それにしても、突然転校《とつぜんてんこう》して驚《おどろ》いたよ」

あ……。

だからこの人《ひと》は、星《ほし》ノ宮《みや》に吸血鬼《きゅうけつき》がひとりしかいないって知《し》ってたんだ……。

「ああ、そうだごめんね……自己紹介《じこしょうかい》が遅《おく》れてしまった」

彼《かれ》はそう言《い》って、私《わたし》の方《ほう》に向《む》き直《なお》った。

「僕《ぼく》は桐生一翠《きりゅういっすい》。月城学園《つきしろがくえん》の生徒会長《せいとかいちょう》をしているよ」

せ、生徒会長《せいとかいちょう》さん……!?

びっくりするほどきれいだし、なんだかすごくオーラがあると思《おも》っていたけど……生徒《せいと》会長《かいちょう》ってことは、月城学園《つきしろがくえん》の中《なか》でもさらに優秀《ゆうしゅう》な人《ひと》なんだろうな……。

吸血鬼学園《きゅうけつきがくえん》のトップ……べ、別世界《べっせかい》の人《ひと》みたい……。

「それより千結《ちゆ》、なんでここにいるんだ？」

あっ……。

いつもより低《ひく》い声《こえ》を出《だ》した夜宮《よみや》くんに、言葉《ことば》に詰《つ》まる。

どうしよう……勝手《かって》に来《き》たこと、怒《おこ》ってるよね……。

夜宮《よみや》くんはかたくなに、私《わたし》についてこなくていいって言《い》ってたから……来《き》てほしくなかっただろうし……。

「ごめんなさい……」

なんて言《い》えばいいかわからなくて、結局口《けっきょくくち》から出《で》たのは謝罪《しゃざい》の言葉《ことば》だった。

「いや、怒《おこ》ってるわけじゃなくて……ていうか、なんでふたりでいたんだよ」

怒《おこ》ってない……？　本当《ほんとう》、かな……？

「さっき、ここで迷《まよ》っている千結《ちゆ》を見《み》つけたんだ。それで、僕《ぼく》が千結《ちゆ》に一目惚《ひとめぼ》れしたんだよ」

「は？」

にっこりと微笑《ほほえ》んでいる会長《かいちょう》さんを見《み》て、ぎょっと目《め》を見開《みひら》いた。

夜宮《よみや》くんはあからさまに不機嫌《ふきげん》な顔《かお》になって、会長《かいちょう》さんをにらんでいる。

「ところで、ふたりは知《し》り合《あ》いかい？」

私《わたし》たちを見《み》て、不思議《ふしぎ》そうにしている会長《かいちょう》さん。

夜宮《よみや》くんは会長《かいちょう》さんを睨《にら》みながら、私《わたし》の肩《かた》を抱《だ》いた。

「一翠《いっすい》、千結《ちゆ》は俺《おれ》の恋人《こいびと》で、薔薇少女《ばらしょうじょ》だ」

「え？」

えっ……。

私《わたし》の心《こころ》の声《こえ》と、会長《かいちょう》の声《こえ》が重《かさ》なった。

「あきらめろ、千結《ちゆ》は渡《わた》さない。千結《ちゆ》、帰《かえ》るぞ」

私《わたし》の返事《へんじ》も聞《き》かずに、手《て》を握《にぎ》って歩《ある》き出《だ》した夜宮《よみや》くん。

驚《おどろ》いている会長《かいちょう》さんにぺこりと会釈《えしゃく》をして、私《わたし》は引《ひ》っ張《ぱ》られるまま夜宮《よみや》くんについていった。

パートナー？

夜宮《よみや》くんは私《わたし》の手《て》を引《ひ》いて、月城学園《つきしろがくえん》の中《なか》にある庭園《ていえん》に来《き》た。

きれいな場所《ばしょ》……。

近《ちか》くの薔薇《ばら》に見惚《みと》れていると、夜宮《よみや》くんにぐいっと腕《うで》を引《ひ》っ張《ぱ》られる。

そのまま私《わたし》の両肩《りょうかた》をそっとつかんだ夜宮《よみや》くん。

「どうしてここに来《き》たんだ。危《あぶ》ないだろ」

夜宮《よみや》くんの表情《ひょうじょう》は……やっぱり、怒《おこ》っているように見《み》えた。

「ごめんなさい……」

私《わたし》が月城《つきしろ》に来《く》ることをそこまで嫌《いや》がる理由《りゆう》はわからないけど……夜宮《よみや》くんが怒《おこ》るなんてよっぽどだ。

付《つ》き合《あ》い始《はじ》めてから、いつだって優《やさ》しかった夜宮《よみや》くん。

そんなに私《わたし》に、月城学園《つきしろがくえん》に来《き》てほしくなかったのかな……。

夜宮《よみや》くんのことが知《し》りたくて勢《いきお》いのまま来《き》てしまったけど……こんなに怒《おこ》らせてしま

うなら、来《く》るんじゃなかった……。

「さっきも言《い》ったけど、怒《おこ》りたいわけじゃなくて……」

え……？

夜宮《よみや》くんは困《こま》ったように顔《かお》をしかめたあと、私《わたし》を抱《だ》きしめてきた。

「……心配《しんぱい》だったんだ」

困《こま》ったような焦《あせ》ったような、かすれた声《こえ》でささやかれた。

「月城《つきしろ》は吸血鬼《きゅうけつき》しかいないって、知《し》ってるだろ。千結《ちゆ》の血《ち》は甘《あま》いし、ほかのやつに何《なに》かされたらって……心配《しんぱい》だったんだ」

夜宮《よみや》くん……。

「じゃあ、ついてこなくていいって言《い》ったのも……？」

私《わたし》が来《く》るのが嫌《いや》だったとかじゃなくて、心配《しんぱい》だったから……？

「自分《じぶん》の大事《だいじ》な彼女《かのじょ》を、わざわざ危険《きけん》な場所《ばしょ》に来《こ》させるやつなんていないだろ」

夜宮《よみや》くんの気持《きも》ちがわかって、うれしくなった。

そっか……よかった……。

「心配《しんぱい》かけて、ごめんなさい……」

「いや、俺《おれ》が過保護《かほご》すぎるのもあるし、千結《ちゆ》は悪《わる》くない」

私《わたし》のことを責《せ》めない夜宮《よみや》くんから、優《やさ》しさを感《かん》じた。

「でも、なんで一翠《いっすい》と一緒《いっしょ》にいたの？　一目惚《ひとめぼ》れとか、告白《こくはく》なんかされてるし……千結《ちゆ》は俺《おれ》の恋人《こいびと》なのに」

あ……そうだ、会長《かいちょう》さんっ……。

「ち、違《ちが》うの、夜宮《よみや》くんのこと探《さが》してたら、迷子《まいご》になっちゃって、偶然会長《ぐうぜんかいちょう》さんに会《あ》ったの。一目惚《ひとめぼ》れっていうのは……冗談《じょうだん》だと思《おも》うけど……」

なんていうか、慣《な》れていそうだったし……本心《ほんしん》で言《い》ってるわけではなさそうな気《き》がする……。

「……あいつは何考《なにかんが》えてるかわからないやつだけど、冗談《じょうだん》であんなこと言《い》わないはず……。はぁ……」

夜宮《よみや》くんはため息《いき》を吐《は》いてから、私《わたし》の頬《ほほ》に手《て》を重《かさ》ねた。

「自分《じぶん》がかわいいって、もっと自覚《じかく》しろ」

ドキッと、心臓《しんぞう》が跳《は》ね上《あ》がった。

な、なにそれっ……。

私《わたし》のことかわいいなんて言《い》ってくれるの、夜宮《よみや》くんだけなのに……。

でも……夜宮《よみや》くんがかわいいって思《おも》ってくれてるなら……嬉《うれ》しいな……。

それに……。

「もしかして……や、ヤキモチやいてくれてる……？」

不機嫌《ふきげん》丸出《まるだ》しな夜宮《よみや》くんを見《み》て、恐《おそ》る恐《おそ》る聞《き》く。

「……もしかしなくてもそうだろ」

……か、かわいいっ……。

拗《す》ねている夜宮《よみや》くんを見《み》て、胸《むね》がきゅんと高鳴《たかな》った。

「一翠《いっすい》は月城《つきしろ》でも人気《にんき》だし、そんなやつに恋人《こいびと》がちょっかい出《だ》されたら……普通《ふつう》にやくけど」

ふいっと、視線《しせん》をそらした夜宮《よみや》くん。

「わ、私《わたし》は夜宮《よみや》くんしか見《み》てないよっ……」

「……ならいい」

少《すこ》しご機嫌《きげん》が治《なお》ったのか、夜宮《よみや》くんはぎゅっと抱《だ》きついてきて、首《くび》にすりすりとすり寄《よ》ってきた。

さっきまで、不安《ふあん》で心《こころ》がもやもやしていたけど……夜宮《よみや》くんの気持《きも》ちがわかって、今《いま》はすごくうれしい。

不安《ふあん》もどこかに吹《ふ》き飛《と》んで、ふふっと笑《え》みがあふれた。

「朔《さく》……」

——え？

あたりに響《ひび》いた、女《おんな》の子《こ》のきれいな声《こえ》。

朔《さく》って……夜宮《よみや》くんの名前《なまえ》……。

声《こえ》の聞《き》こえた方《ほう》を見《み》ると……そこには、切《せつ》なげに夜宮《よみや》くんを見《み》る、驚《おどろ》くほどきれいな女《おんな》の子《こ》が立《た》っていた。

会長《かいちょう》さんといい、月城学園《つきしろがくえん》には同《おな》じ人間《にんげん》とは思《おも》えないくらいきれいな人《ひと》しかいない。

夜宮《よみや》くんは顔《かお》を上《あ》げて、後《うし》ろを振《ふ》り返《かえ》った。

「薄氷《うすらい》……」

え……っと……。

ふたりは……知《し》り合《あ》い……？

あきらかに何《なに》かあった雰囲気《ふんいき》のふたりに、戸惑《とまど》ってしまう。

「あの……さっきの話《はなし》……」

彼女《かのじょ》は訴《うった》えかけるような目《め》で、夜宮《よみや》くんを見《み》ていた。

さっきの話《はなし》……？

夜宮《よみや》くん……もしかしてさっきまで、彼女《かのじょ》と一緒《いっしょ》にいたのかな……？

「無理《むり》だって言《い》っただろ」

ため息《いき》をついて、夜宮《よみや》くんは再《ふたた》び私《わたし》の手《て》を握《にぎ》った。

「とにかく、俺《おれ》はもうお前《まえ》たちとは無関係《むかんけい》だから。千結《ちゆ》、行《い》こう」

え……いいの、かな……？

私《わたし》の手《て》を取《と》って歩《ある》き出《だ》した夜宮《よみや》くんに、何《なに》も言《い》えずついていく。

どこかにとんでいったはずの不安《ふあん》な気持《きも》ちが、また私《わたし》のところに戻《もど》ってきて、もやもやした気持《きも》ちを抱《かか》えたまま月城学園《つきしろがくえん》を後《あと》にした。


学園《がくえん》を出《で》て、帰《かえ》りの方向《ほうこう》にふたりで歩《ある》く。

さっきの女《おんな》の子《こ》……なんだったんだろう……。

聞《き》いていいのかわからないけど、どうしても気《き》になる……。

あんなにきれいな女《おんな》の子《こ》の友達《ともだち》がいたなんて……。

夜宮《よみや》くんは学祭委員《がくさいいいん》のために月城学園《つきしろがくえん》に来《き》たはずだけど……彼女《かのじょ》もその委員《いいん》の人《ひと》なのかな？

それとも……友達《ともだち》で、個人的《こじんてき》に会《あ》ってたとか……？

でも……彼女《かのじょ》の夜宮《よみや》くんを見《み》る目《め》……ただの友達《ともだち》には見《み》えなかった……。

「千結《ちゆ》？　ぼうっとしてどうした？」

夜宮《よみや》くんの声《こえ》に、ハッと我《われ》にかえる。

「え？　あ……あの……」

う、うーん。どうしよう……聞《き》いてもいいのかな……。

……えいっ！　ひとりで考《かんが》えてても仕方《しかた》ない……！

「さっきの女《おんな》の子《こ》って……お友達《ともだち》？」

「さっき？　ああ、薄氷《うすらい》のことか。あいつは……月城《つきしろ》にいたとき、パートナーだったやつだ」

あっさりと答《こた》えた夜宮《よみや》くんに、少《すこ》しだけ安心《あんしん》する。

後《うし》ろめたい関係《かんけい》だったら、もっと違《ちが》う反応《はんのう》だと思《おも》うから。

でも……パートナーってなんだろう？

「月城学園《つきしろがくえん》には吸血鬼《きゅうけつき》の生徒《せいと》しかいないから、吸血鬼同士《きゅうけつきどうし》、互《たが》いに血《ち》を与《あた》え合《あ》う異性《いせい》を決《き》める校則《こうそく》があるんだ」

そうだったんだ……。

「ただ、俺《おれ》が直接《ちょくせつ》血《ち》を飲《の》めなかったって知《し》ってるだろ？　だから、俺《おれ》たちは輸血《ゆけつ》パックで飲《の》んでたし、吸血《きゅうけつ》したことはない。ただ血《ち》を渡《わた》しあってただけの関係《かんけい》」

「そ、そっか……」

血《ち》を与《あた》え合《あ》う異性《いせい》……夜宮《よみや》くんの相手《あいて》が、あの人《ひと》だったんだ……。

私《わたし》が夜宮《よみや》くんだったら、あんなきれいな人《ひと》とペアになったら、好《す》きになっちゃいそうだ……。

「昔《むかし》のことだから気《き》にしなくていい」

夜宮《よみや》くんがそう言《い》うってことは……ほんとに気《き》にしなくていいんだよね……。

「う、うん！」

これ以上《いじょう》は、気《き》にしないようにしよう……。

そう思《おも》うのに、胸《むね》のもやもやはどうしてか、晴《は》れないままだった。

気《き》になる存在《そんざい》【side 一翠《いっすい》】

生《う》まれたときから、僕《ぼく》にはライバルがいた。

夜宮朔《よみやさく》。

遠《とお》い親戚《しんせき》で、朔《さく》は人間《にんげん》と吸血鬼《きゅうけつき》のハーフだ。

純血《じゅんけつ》の僕《ぼく》のほうが、吸血鬼《きゅうけつき》としては格上《かくうえ》。

それなのに……朔《さく》は昔《むかし》から優秀《ゆうしゅう》で、常《つね》に比《くら》べられてきた。

勉強《べんきょう》やスポーツの成績《せいせき》、素行《そこう》、能力《のうりょく》……いつだって僕《ぼく》と肩《かた》を並《なら》べてくる朔《さく》のことが、僕《ぼく》は――。


その日《ひ》は、職員会議《しょくいんかいぎ》が終《お》わって裏庭《うらにわ》に出《で》てきていた。

生徒会長《せいとかいちょう》だから、定期的《ていきてき》に行《おこな》われる職員会議《しょくいんかいぎ》に顔《かお》を出《だ》すことになっている。

大人《おとな》の顔色《かおいろ》をうかがうのは得意《とくい》だが、好《す》きではない。

薄汚《うすよご》れた心《こころ》を見《み》るたびに、世《よ》の中《なか》というものにうんざりする。

このあとは……ああそうだ、学祭《がくさい》の会議《かいぎ》にも出席《しゅっせき》しないと。

もう終《お》わっているかもしれないが……。

最近《さいきん》はやることが山積《やまづ》みで、正直疲《しょうじきつか》れていた。

校舎《こうしゃ》に戻《もど》ろうとしたとき、きょろきょろとあたりを見渡《みわた》している少女《しょうじょ》がいることに気《き》づく。

黒《くろ》い制服《せいふく》……月城《つきしろ》の生徒《せいと》ではないな。あれは、確《たし》か、星《ほし》ノ宮《みや》だ。

不審人物《ふしんじんぶつ》ではなさそうだけど……一体何《いったいなに》をしているんだろう。

「そこで何《なに》をしているの？」

彼女《かのじょ》に近《ちか》づいて声《こえ》をかけると、不安《ふあん》げな瞳《ひとみ》がこっちを見《み》た。

その瞳《ひとみ》に——一瞬《いっしゅん》で、心《こころ》ごと奪《うば》われる。

「君《きみ》……」

きれいだ……。

見《み》た目《め》ももちろん愛《あい》らしいけど、彼女《かのじょ》の心《こころ》が、あまりにも〝きれい〟だった。

僕《ぼく》は、人《ひと》の心《こころ》が少《すこ》しだけ見《み》える。

心《こころ》が汚《きたな》い人間《にんげん》は、心《こころ》が曇《くも》っているし、きれいであればあるほど透明《とうめい》に近《ちか》い。

彼女《かのじょ》の心《こころ》は……見《み》たことがないほど、透《す》きとおっていて美《うつく》しかった。

こんな子《こ》が存在《そんざい》するなんて……。

「名前《なまえ》は……？」

「え？　し、白咲千結《しろさきちゆ》です、決《けっ》して変《へん》なものじゃなくて……」

「千結《ちゆ》、か……」

僕《ぼく》が咎《とが》めると思《おも》ったのか、一層不安《いっそうふあん》げに垂《た》れ下《さ》がった眉《まゆ》。

かわいい……。

「どうしよう……君《きみ》に一目惚《ひとめぼ》れしてしまったみたいだ」

「へ？」

彼女《かのじょ》は僕《ぼく》の告白《こくはく》に驚《おどろ》いたのか、まんまるな目《め》をさらに丸《まる》くした。

「とてもきれいだから、吸血鬼《きゅうけつき》かと思《おも》ったけど……人間《にんげん》？」

「に、人間《にんげん》です」

きっとこんなにきれいな人間《にんげん》はいない。

彼女《かのじょ》のことはまだ何《なに》も知《し》らないけど……これから知《し》っていけばいい。

この子《こ》は僕《ぼく》が見《み》つけた運命《うんめい》の相手《あいて》なんだ。

本気《ほんき》でそう、思《おも》ったんだ。

それなのに……。


「一翠《いっすい》、千結《ちゆ》は俺《おれ》の恋人《こいびと》で、薔薇少女《ばらしょうじょ》だ」

突然現《とつぜんあらわ》れた朔《さく》が、千結《ちゆ》の肩《かた》を抱《だ》いて宣言《せんげん》してきた。

千結《ちゆ》が……朔《さく》の恋人《こいびと》？　しかも、薔薇少女《ばらしょうじょ》……？

「あきらめろ、千結《ちゆ》は渡《わた》さない。千結《ちゆ》、帰《かえ》るぞ」

僕《ぼく》の返事《へんじ》も聞《き》かずに、千結《ちゆ》を連《つ》れて行《い》ってしまった朔《さく》。

置《お》いてけぼりにされた僕《ぼく》は、遠《とお》くなるふたりの背中《せなか》を見《み》ていることしかできなかった。

僕《ぼく》が見《み》つけたと思《おも》ったのに……。

結局《けっきょく》……君《きみ》が奪《うば》っていくのか……。

朔《さく》はいつもそうだ。

吸血鬼《きゅうけつき》と人間《にんげん》のハーフ。どっちにもなれなかった、中途半端《ちゅうとはんぱ》な存在《そんざい》のくせに……学園《がくえん》でも僕以上《ぼくいじょう》に目立《めだ》っていた。

僕《ぼく》が欲《ほ》しいものを、簡単《かんたん》に手《て》に入《い》れて、大《たい》して欲《ほ》しくもなかったのにって顔《かお》をする。

そんな朔《さく》のことが、僕《ぼく》はずっと——憎《にく》くて仕方《しかた》なかった。

……ちょうどいい。

千結《ちゆ》は僕《ぼく》のものにしよう。

朔《さく》から……奪《うば》ってやるんだ。

そのつまらなさそうな顔《かお》がゆがむ瞬間《しゅんかん》を想像《そうぞう》するだけで、愉快《ゆかい》な気持《きも》ちになった。

胸《むね》のもやもや

なんだか……今日《きょう》はあんまりよく眠《ねむ》れなかったな……。

昨日《きのう》のことが気《き》になって、今《いま》もずっともやもやしてしまってる……。

『朔《さく》』

夜宮《よみや》くんの元《もと》パートナーの、薄氷《うすらい》さんって人《ひと》の姿《すがた》が脳裏《のうり》をよぎる。

自分《じぶん》の目《め》を疑《うたが》うほど、きれいな人《ひと》だった。

ただ血《ち》を渡《わた》しあっていた関係《かんけい》って言《い》ってたけど……薄氷《うすらい》さんが、どう思《おも》っているかはわからない。

『朔《さく》……』

薄氷《うすらい》さんの夜宮《よみや》くんを見《み》る目《め》が……どうしても忘《わす》れられない……。

「千結《ちゆ》、おはよ」

靴《くつ》を履《は》き替《か》えていると、後《うし》ろから声《こえ》をかけられた。

「よ、夜宮《よみや》くん……おはよ！」

今会《いまあ》うのは、ちょっと気《き》まずいな……。

「……ん？　なんか、目《め》の下隈《したくま》できてないか……？」

「え？　そ、そうかな？　確《たし》かに、ちょっと夜更《よふ》かししちゃったかも……」

「体調悪《たいちょうわる》いなら無理《むり》しないで？」

私《わたし》の頭《あたま》を撫《な》でて、心配《しんぱい》そうにこっちを見《み》る夜宮《よみや》くん。

その優《やさ》しさに、胸《むね》がきゅんとした。

夜宮《よみや》くんはいつだって優《やさ》しくて、常《つね》に愛情表現《あいじょうひょうげん》をしてくれる。

『ただ血《ち》を渡《わた》しあってただけの関係《かんけい》』

『昔《むかし》のことだから気《き》にしなくていい』

夜宮《よみや》くんのことを信頼《しんらい》しているし、昨日《きのう》の言葉《ことば》だって……本当《ほんとう》だってわかってる。

ただ……。

『あの……さっきの話《はなし》……』

『無理《むり》だって言《い》っただろ』

昨日一体《きのういったい》、何《なに》を話《はな》してたんだろう……。

でも、これ以上薄氷《いじょううすらい》さんのことを聞《き》くのは……夜宮《よみや》くんのことを、疑《うたが》ってるみたいだよね……。

「千結《ちゆ》？」

「あ……ど、どうしたの？」

「どうしたのはこっちのセリフ。ぼーっとしてるけど、ほんとに大丈夫《だいじょうぶ》か？」

「ちょ、ちょっと眠《ねむ》たかっただけ……！　大丈夫《だいじょうぶ》だよ！」

き、気《き》にしなくていいって言《い》われたんだから……気《き》にしないようにしようっ……。


……とは思《おも》ったものの……やっぱり気《き》になるものは気《き》になるよ……。

授業中《じゅぎょうちゅう》も薄氷《うすらい》さんとのことが気《き》になって、全然集中《ぜんぜんしゅうちゅう》できなかった。

考《かんが》えてもどうしようもないのに……はぁ……。

放課後《ほうかご》になって、教科書《きょうかしょ》をカバンにつめる。

いつものように、夜宮《よみや》くんが私《わたし》のところに来《き》てくれた。

「千結《ちゆ》、ごめん、今日一緒《きょういっしょ》に帰《かえ》れない」

あ……そうなんだ……！

申《もう》し訳《わけ》なさそうな夜宮《よみや》くんに、笑顔《えがお》で首《くび》を横《よこ》にふる。

「気《き》にしないで！　何《なに》かあったの？」

最近《さいきん》は毎日一緒《まいにちいっしょ》に帰《かえ》っているけど、夜宮《よみや》くんも用事《ようじ》がある日《ひ》はあるよね。

「月城《つきしろ》に行《い》ってくる。一翠《いっすい》に呼《よ》び出《だ》された」

……え？

会長《かいちょう》さんの名前《なまえ》を出《だ》して、鬱陶《うっとう》しそうな顔《かお》をした夜宮《よみや》くん。

月城《つきしろ》……。

つまり……薄氷《うすらい》さんがいるところって、ことだよね……。

会長《かいちょう》さんに呼《よ》び出《だ》されたって言《い》っているし、きっと会長《かいちょう》さんに会《あ》うだけなんだろうけど……。

胸《むね》の中《なか》のもやもやが、さっき以上《いじょう》に濃《こ》くなった気《き》がした。

「そ、それって……私《わたし》もついて行《い》ったらダメ？」

夜宮《よみや》くんのこと、疑《うたが》ってるわけじゃないけど……どうしても、頭《あたま》から離《はな》れてくれなくて……。

「ダメ」

あっさりと却下《きゃっか》されて、私《わたし》の中《なか》の不安《ふあん》はまた膨《ふく》らんだ。

「あいつ、千結《ちゆ》のこと気《き》に入《い》ったみたいだったし……一翠《いっすい》と千結《ちゆ》を会《あ》わせたくない」

「……」

そう言《い》われると……これ以上《いじょう》、何《なに》も言《い》えない……。

「ダサいこと言《い》ってごめん」

「ううん、ダサくなんてないよ……！　気《き》をつけて行《い》ってきてね」

「ありがとう。また明日《あした》」

笑顔《えがお》で手《て》を振《ふ》って、夜宮《よみや》くんを見送《みおく》る。

その背中《せなか》が見《み》えなくなって、私《わたし》は肩《かた》を落《お》とした。

「はぁ……」

「千結《ちゆ》、難《むずか》しい顔《かお》してどうしたの？」

顔《かお》を上《あ》げると、心配《しんぱい》そうに私《わたし》を見《み》る凛《りん》ちゃんがいた。

隣《となり》には、陽葵《ひまり》ちゃんの姿《すがた》も。

ふたりに、相談《そうだん》してみようかな……。

こんなどうしようもない話《はなし》、困《こま》らせてしまうだけだろうけど……第三者《だいさんしゃ》の意見《いけん》が聞《き》きたい……。

「実《じつ》は……」

私《わたし》は薄氷《うすらい》さんのことを、凛《りん》ちゃんと陽葵《ひまり》ちゃんに話《はな》した。

「なるほどねぇ……」

全部話《ぜんぶはな》すと、ふたりははぁ……と盛大《せいだい》にため息《いき》を吐《は》いた。

「夜宮《よみや》くんは女子《じょし》が嫌《きら》いだから、なんとも思《おも》ってなかったかもしれないけど……まあ、相《あい》手《て》の子《こ》は好《す》きだったたんでしょうね」

凛《りん》ちゃんの言葉《ことば》に、ずきりと胸《むね》が痛《いた》む。

「や、やっぱり、そう思《おも》う……？」

「しかも、なんかスッキリ終《お》わってない感《かん》じだよね～」

確《たし》かに……昨日《きのう》の薄氷《うすらい》さんの表情《ひょうじょう》……納得《なっとく》がいってなさそうな顔《かお》だった……。

ふたりで……いったい何《なに》を話《はな》したんだろう……。

「まあ、夜宮《よみや》くんって千結命《ちゆいのち》って感《かん》じだし、浮気《うわき》の心配《しんぱい》とかはしなくていいと思《おも》うけど、女《おんな》の影《かげ》があるのは嫌《いや》だよね」

「うん。千結《ちゆ》を不安《ふあん》にさせるなんて……」

「よ、夜宮《よみや》くんは、何《なに》もないってはっきり言《い》ってくれたんだ……それなのに、私《わたし》が……」

こんなふうに、ぐだぐだ考《かんが》えちゃって……。

「言葉《ことば》で言《い》われても、納得《なっとく》できないことはあるよ。自分《じぶん》のこと、責《せ》めなくていいんだから」

「そうよ。千結《ちゆ》が不安《ふあん》になってるのは事実《じじつ》なんだから」

「陽葵《ひまり》ちゃん、凛《りん》ちゃん……」

ふたりの言葉《ことば》に、気持《きも》ちが軽《かる》くなった。

「ありがとう……！　元気出《げんきで》た……！」

話《はな》してよかった……。

「明日《あした》、もう一度《いちど》ちゃんと夜宮《よみや》くんに聞《き》いてみる……！」

「うん、本人《ほんにん》に聞《き》くのが一番《いちばん》よ……！」

「だね！　もし夜宮《よみや》くんが千結《ちゆ》を傷《きず》つけたら、あたしたちが許《ゆる》さないから！」

「ふたりとも、ありがとうっ……！　大好《だいす》き……！」

ふたりには、いつも感謝《かんしゃ》でいっぱいだ……。

「千結《ちゆ》はあたしたちの天使《てんし》なんだから」

「そうそう。ポッと出の夜宮《よみや》くんには渡《わた》さないよ」

「ふふっ、あ、そうだ……ふたりとも引《ひ》き止《と》めてごめんね！　今日《きょう》は彼氏《かれし》さんたちと会《あ》うの？」

凛《りん》ちゃんと陽葵《ひまり》ちゃんは、最近毎日彼氏《さいきんまいにちかれし》に会《あ》っているみたいだし、今日《きょう》もその予定《よてい》かもしれない。

「うん、この後高校《あとこうこう》に行《い》ってくる」

「あたしも、勉強《べんきょう》する予定《よてい》」

「楽《たの》しんできてね！」

「何《なに》かあったらいつでも連絡《れんらく》するのよ」

「うん！　彼氏《かれし》より千結《ちゆ》のこと優先《ゆうせん》するから！」

優《やさ》しいふたりに、笑顔《えがお》で手《て》を振《ふ》った。

素敵《すてき》な親友《しんゆう》がふたりもいて、私《わたし》は幸《しあわ》せものだな……。

よし、私《わたし》も今日《きょう》は帰《かえ》ろうっ……。

立《た》ち上《あ》がって、ひとり、教室《きょうしつ》を出《で》る。靴《くつ》を履《は》き替《か》えて、帰《かえ》ろうとしたとき、正門《せいもん》のところに女《おんな》の子《こ》が集《あつ》まっているのが見《み》えた。

「ねえ、あのかっこいい人誰《ひとだれ》……!?」

「月城《つきしろ》の制服着《せいふくき》てるよ……！」

「吸血鬼《きゅうけつき》ってこと!?」

月城《つきしろ》の制服《せいふく》……？

不思議《ふしぎ》に思《おも》って視線《しせん》を向《む》けると、そこには見覚《みおぼ》えのある人《ひと》がいた。

え？　会長《かいちょう》さん……？

「あ、千結《ちゆ》！」

会長《かいちょう》さんも私《わたし》に気《き》づいて、ぱあっと顔《かお》を明《あか》るくさせた。

名前《なまえ》を呼《よ》んで駆《か》け寄《よ》ってくる会長《かいちょう》さんに、困惑《こんわく》する。

「どうして会長《かいちょう》さんがここに……？」

夜宮《よみや》くん……会長《かいちょう》さんに呼《よ》び出《だ》されたから、月城《つきしろ》に行《い》くって言《い》ってたはず。

「もしかして、会長《かいちょう》さんが星《ほし》ノ宮《みや》に来《く》る予定《よてい》で、夜宮《よみや》くんと入《い》れ違《ちが》いになっちゃったとかですか？」

「ん？　どういうこと？」

私《わたし》の言葉《ことば》に、会長《かいちょう》さんは首《くび》をかしげた。

「え？　だって……今日《きょう》、夜宮《よみや》くんと約束《やくそく》があるんですよね？」

「朔《さく》と約束《やくそく》なんてしてないよ？」

どういうこと……？

「約束《やくそく》があるって、朔《さく》が言《い》ってたの？」

「はい……一翠《いっすい》さんに呼《よ》び出《だ》されたって……」

「僕《ぼく》は連絡《れんらく》なんてしてないよ。どうしてそんな嘘《うそ》ついたんだろう……」

会長《かいちょう》さんは本当《ほんとう》に身《み》に覚《おぼ》えがないのか、表情《ひょうじょう》に焦《あせ》りの色《いろ》が見《み》えた。

なんだろう……すごく、嫌《いや》な予感《よかん》がする……。

心《こころ》の中《なか》がざわざわして、胸《むね》をぎゅっと押《お》さえた。

「もしかして……朔《さく》は紗雪《さゆき》に会《あ》いに行《い》ったのかな」

「……っ、え？」

「紗雪《さゆき》、久《ひさ》しぶりに朔《さく》に会《あ》えて喜《よろこ》んでたし……今《いま》まで抑《おさ》えてた気持《きも》ちが、溢《あふ》れちゃったのかもね」

それは……いったい、どういう意味《いみ》……？

もし会長《かいちょう》さんの言《い》ってることが正《ただ》しければ……薄氷《うすらい》さんが夜宮《よみや》くんを呼《よ》び出《だ》して、夜《よ》

宮《みや》くんが応《おう》じたってこと……？

私《わたし》に、嘘《うそ》をついて……？

「今日《きょう》は千結《ちゆ》に会《あ》いに来《き》たんだけど……よかったら、一緒《いっしょ》に月城《つきしろ》に行《い》く？　こういうのは、早《はや》く誤解《ごかい》を解《と》いた方《かた》がいいと思《おも》うし……」

「いいんですか……？」

どんな理由《りゆう》があるのかはわからない。

だけど、このモヤモヤをとにかく解消《かいしょう》したかった。

誰《だれ》かを疑《うたが》いたくはないけど……会長《かいちょう》さんが嘘《うそ》をついてる可能性《かのうせい》だってある。

私《わたし》は夜宮《よみや》くんのことを信《しん》じたいから……本当《ほんとう》のことが知《し》りたい……。

「もちろん。気《き》になるんでしょう？」

「ありがとうございます……！　お願《ねが》いします……！」

会長《かいちょう》さんにお礼《れい》を言《い》って、ふたりで月城《つきしろ》に向《む》かって歩《ある》きだした。

裏切《うらぎ》り？

二度目《にどめ》の月城学園《つきしろがくえん》……。
会長《かいちょう》さんに案内《あんない》してもらって、学園《がくえん》の中《なか》に入《はい》る。
校舎《こうしゃ》に入《はい》ったのは、初《はじ》めてだな……。
内装《ないそう》も中学校《ちゅうがっこう》の校舎《こうしゃ》とは思《おも》えないほどきれいで、洋風《ようふう》のお城《しろ》みたいだ。
「ここが生徒会室《せいとかいしつ》だよ。多分《たぶん》、ここで話《はな》してるんじゃないかな……」
大《おお》きな扉《とびら》の前《まえ》で、足《あし》を止《と》めた会長《かいちょう》さん。
中《なか》に、夜宮《よみや》くんがいるのかな……？
薄氷《うすらい》さんと一緒《いっしょ》にいたら……どうしよう……。
ドアノブに手《て》をかけて、ゆっくりと開《ひら》いた会長《かいちょう》さん。
どうかいませんようにと願《ねが》って、恐《おそ》る恐《おそ》る中《なか》を見《み》た。
……え？
扉《とびら》の奥《おく》に広《ひろ》がっていた光景《こうけい》に、私《わたし》は自分《じぶん》の目《め》を疑《うたが》った。

そこには……夜宮《よみや》くんの血《ち》を吸《す》っている、薄氷《うすらい》さんがいたから。
ふたりとも私《わたし》たちに気《き》づいていないのか、こっちを見《み》ようともしない。
夜宮《よみや》くんはじっとしたまま、動《うご》かなかった。
来《こ》なければ、よかった……。
真実《しんじつ》が知《し》りたかったけど、知《し》らないほうが幸《しあわ》せだったのかもしれない……。
夜宮《よみや》くんのこと、信《しん》じたかったけど……今《いま》は……無理《むり》だよ……。
これ以上《いじょう》その光景《こうけい》を見《み》たくなくて、私《わたし》はその場《ば》から逃《に》げ出《だ》した。

どこまで走《はし》ってきたんだろう。
人影《ひとかげ》のない廊下《ろうか》で、体力《たいりょく》が切《き》れてその場《ば》に立《た》ち止《ど》まる。
さっきの光景《こうけい》が頭《あたま》から離《はな》れなくて、その場《ば》にうずくまった。
泣《な》き顔《がお》を隠《かく》すように、顔《かお》をさげる。
夜宮《よみや》くん……直接吸血《ちょくせつきゅうけつ》したことはないって、言《い》ってたのに……あれは、嘘《うそ》だったのかな……。

今日《きょう》、会長《かいちょう》さんと約束《やくそく》してるって言《い》ったのも嘘《うそ》で、ほんとは薄氷《うすらい》さんとの約束《やくそく》だった？

いったい、どこまでが嘘《うそ》で、ほんとなの……？

もしかしたら夜宮《よみや》くんも、薄氷《うすらい》さんのこと……。

……好《す》き、なのかな……。

「千結《ちゆ》……！」

名前《なまえ》が聞《き》こえて、顔《かお》をあげる。

会長《かいちょう》さん……。

走《はし》ってきてくれた会長《かいちょう》さんが、私《わたし》と視線《しせん》を合《あ》わせるようにしゃがみこんだ。

「大丈夫《だいじょうぶ》……？」

心配《しんぱい》して、追《お》いかけてきてくれたのかな……？

会長《かいちょう》さんに迷惑《めいわく》をかけたくなくて、涙《なみだ》をごしごしとぬぐった。

「はい、大丈夫《だいじょうぶ》です……！　すみません、今日《きょう》はもう帰《かえ》りますね……！」

今《いま》は……頭《あたま》の中《なか》がぐちゃぐちゃで……ひとりになりたい。

立《た》ち上《あ》がってまた走《はし》り出《だ》そうとしたけど、会長《かいちょう》さんに腕《うで》を掴《つか》まれた。

「泣《な》いてる君《きみ》を、ひとりで帰《かえ》せるわけない」

「でも、今《いま》は……」

「せめて涙《なみだ》が止《と》まるまでは、ここにいて」

私《わたし》の腕《うで》を握《にぎ》る会長《かいちょう》さんの手《て》は、少し熱《あつ》かった。

夜宮《よみや》くんが、吸血鬼《きゅうけつき》は体温《たいおん》が低《ひく》いって言《い》っていたけど……体温《たいおん》があがるくらい、必死《ひっし》に追《お》いかけてきて探《さが》してくれたのかな。

そう思《おも》うと、これ以上会長《いじょうかいちょう》さんの好意《こうい》を無碍《むげ》にできなかった。


「甘《あま》いのは好《す》き？」

庭園《ていえん》の中《なか》にある、ガゼボに案内《あんない》してくれた会長《かいちょう》さん。

「はい」

「それじゃあ、アッサムのミルクティーにしよう」

会長《かいちょう》さんは紅茶《こうちゃ》を淹《い》れてくれて、ありがたくいただいた。

「いただきます……おいしい」

口《くち》に広《ひろ》がる優《やさ》しい甘《あま》みが、心《こころ》を少《すこ》し落《お》ち着《つ》かせてくれる。

「すまなかったね……あんな所《ところ》を見《み》せてしまって……」

「いえ……会長《かいちょう》さんは何《なに》も悪《わる》くないので、気《き》にしないでください」

むしろ、迷惑《めいわく》をかけてしまって申《もう》し訳《わけ》ないな……。

会長《かいちょう》さんはストレートの紅茶《こうちゃ》をひとくち飲《の》んで、ティーカップを置《お》いた。

「ふたりについて、聞《き》きたいことはある？　こんなことになってしまったし……僕《ぼく》のわかる範囲《はんい》であれば、答《こた》えるよ」

夜宮《よみや》くんと、薄氷《うすらい》さんについてってことだよね……。

聞《き》きたいことは……正直《しょうじき》、たくさんある。だけど……。

「いえ……気持《きも》ちはうれしいんですけど、ほかの人《ひと》に聞《き》くのはよくないと思《おも》うので……夜《よ》宮《みや》くんに、改《あらた》めてちゃんと聞《き》きます」

会長《かいちょう》さんに聞《き》くのは、間違《まちが》っているような気《き》がした。

「……そっか」

私《わたし》の返事《へんじ》に、視線《しせん》を落《お》とした会長《かいちょう》さん。

「千結《ちゆ》は真面目《まじめ》だね。というか……誠実《せいじつ》だ」

ふっと微笑《ほほえ》む会長《かいちょう》さんは、やっぱり絵画《かいが》の中《なか》から出《で》てきたのかと思《おも》うくらいきれいだ。

「全《まった》く……朔《さく》は何《なに》をやってるんだろうね……」

はぁ……と、会長《かいちょう》さんは深《ふか》いため息《いき》をついた。

「何《なに》があってああいうことになったのかはわからないけど……一度《いちど》パートナーになったふたりは、時間《じかん》が経《た》っても身体《からだ》がお互《たが》いの血《ち》を求《もと》めてしまうものなんだ」

「……」

「吸血鬼《きゅうけつき》は長《なが》く吸《す》っていた血《ち》の味《あじ》を覚《おぼ》えてしまうからね」

そうなんだ……。

小学校《しょうがっこう》の間《あいだ》は、夜宮《よみや》くんは月城学園《つきしろがくえん》に通《かよ》っていたんだもんね……。

いったいどのくらいの間《あいだ》、薄氷《うすらい》さんとパートナーだったのかはわからないけど……まだ付《つ》き合《あ》って一年《いちねん》もたっていない私《わたし》よりも、長《なが》い間《あいだ》夜宮《よみや》くんと一緒《いっしょ》にいたんだろうな……。

このまま……どうなっちゃうんだろう……。

やっぱり薄氷《うすらい》さんが好《す》きだから、別《わか》れてほしいって言《い》われたら……想像《そうぞう》するだけで、胸《むね》が張《は》り裂《さ》けそうだった。

「どんな理由《りゆう》があれ、こんなに素敵《すてき》な恋人《こいびと》がいるのに傷《きず》つけるなんて……僕《ぼく》は朔《さく》を軽蔑《けいべつ》するよ」

会長《かいちょう》さんの瞳《ひとみ》の奥《おく》には、怒《いか》りがにじんで見《み》える。

自分《じぶん》のことのように心配《しんぱい》してくれるのはうれしいけど……もしこのことで、会長《かいちょう》さんと夜宮《よみや》くんの関係《かんけい》に傷《きず》がついたら嫌《いや》だな……。

それに、まだ心《こころ》のどこかで、夜宮《よみや》くんを信《しん》じたい自分《じぶん》がいた。

「だけど、夜宮《よみや》くんにもなにか事情《じじょう》があったのかも……」

「かばうなんて、朔《さく》のことそんなに好《す》きなんだね」

「……」

会長《かいちょう》さんの言《い》うとおり。

自分《じぶん》でも驚《おどろ》くほど……夜宮《よみや》くんのことを好《す》きになっていた。

何《なに》も言《い》いかえせずに視線《しせん》をさげると、会長《かいちょう》さんが突然《とつぜん》、私《わたし》の頬《ほほ》に手《て》を重《かさ》ねてきた。

「正直《しょうじき》……元《もと》パートナーと絆《きずな》が深《ふか》い吸血鬼《きゅうけつき》といるのは、苦《くる》しいだけだよ」

「……」

吸血鬼《きゅうけつき》の会長《かいちょう》さんの言葉《ことば》だからこそ、ぐさりと私《わたし》の心《こころ》に刺《さ》さる。

「僕《ぼく》だったら、君《きみ》を悲《かな》しませたりしない」

え……？

「告白《こくはく》したの、覚《おぼ》えてる？」

忘《わす》れていたわけじゃなかったけど、あれは冗談《じょうだん》だったはず……。

「あ、あれは、告白《こくはく》というか……」

「告白《こくはく》だよ」

私《わたし》の言葉《ことば》を遮《さえぎ》って、そう言《い》った会長《かいちょう》さん。

「千結《ちゆ》が好《す》きなんだ。僕《ぼく》のこと、本気《ほんき》で考《かんが》えてほしい」

真《ま》っ直《す》ぐな視線《しせん》に、目《め》を逸《そ》らせなくなる。

きれいな瞳《ひとみ》……吸《す》い込《こ》まれそう……って、見惚《みと》れてる場合《ばあい》じゃない……。

「朔《さく》よりも、君《きみ》を幸《しあわ》せにするよ」

私《わたし》はそっと、会長《かいちょう》さんから離《はな》れた。

「私《わたし》は夜宮《よみや》くんのことを傷《きず》つけたくないので……ごめんなさい……」

あんなことがあったとはいえ、まだ私《わたし》は……夜宮《よみや》くんの、恋人《こいびと》のはずだ。

だから、他《ほか》の人《ひと》の告白《こくはく》を受《う》けることはできない。

「君《きみ》は傷《きず》つけられたのに？」

「……っ、それは……た、確《たし》かに傷《きず》つきましたけど……だからって、私《わたし》も傷《きず》つけていいわけじゃないと思《おも》います。それに……夜宮《よみや》くんには同《おな》じような気持《きも》ちをさせたくないんです……」

自分《じぶん》が傷《きず》ついたからこそ……同《おな》じ痛《いた》みを与《あた》えたくない。

なんて……私《わたし》が誰《だれ》といても、もしかしたらもう夜宮《よみや》くんは、気《き》にしないかもしれないけど……。

「……どうしてそんなに優《やさ》しいの？　そんなこと言《い》われたら、ますます欲《ほ》しくなる」

会長《かいちょう》さんはじっと私《わたし》を見《み》つめたまま、また手《て》を伸《の》ばしてきた。

「僕《ぼく》の気持《きも》ちは変《か》わらないから。いつでも僕《ぼく》のところに来《き》て」

抱《だ》きしめられると思《おも》って、とっさにその手《て》を払《はら》ってしまった。

「あっ……ごめんなさい。今日《きょう》は、ありがとうございましたっ……」

私《わたし》はそれだけ言《い》って、会長《かいちょう》さんから逃《に》げるように走《はし》り出《だ》した。

なんだか今日《きょう》は……逃《に》げてばっかりだな……。

ブラッディカップルコンテスト

昨日《きのう》は、夜宮《よみや》くんと薄氷《うすらい》さんの光景《こうけい》が頭《あたま》から離《はな》れなくて、一睡《いっすい》もできなかった。

ね、眠《ねむ》たい……。

重《おも》い足取《あしど》りで、学校《がっこう》に向《む》かう。

夜宮《よみや》くんに会《あ》ったら……昨日《きのう》のことについて……、ちゃんと聞《き》くんだ。


教室《きょうしつ》に入《はい》ると、夜宮《よみや》くんはまだ来《き》ていなかった。

覚悟《かくご》を決《き》めたはずなのに、少《すこ》しだけほっとした自分《じぶん》がいた。

「千結《ちゆ》」

安心《あんしん》したのも束《つか》の間《ま》、背後《はいご》から聞《き》こえた声《こえ》にびくっと肩《かた》が跳《は》ねる。

よ、夜宮《よみや》くん……。

振《ふ》り返《かえ》ると、いつもの優《やさ》しい笑顔《えがお》と視線《しせん》がぶつかる。

それだけのことなのに、むしょうに泣《な》きたくなった。

い、いけないいけない……泣《な》いたら変《へん》だって思《おも》われる……。

「夜宮《よみや》くん……お、おはよう」

「おはよ。……あれ？　隈《くま》できてないか？　もしかして寝不足《ねぶそく》？」

いつも通《どお》りを装《よそお》って返事《へんじ》をすると、夜宮《よみや》くんが心配《しんぱい》そうに顔《かお》をのぞきこんできた。

「えっと……」

「何《なに》かあったのか？」

夜宮《よみや》くんから話《はな》してくれるつもりは、きっとないんだろうな……。

「あの……」

「ん？」

「昨日《きのう》……会長《かいちょう》さんに、会《あ》えた……？」

なんて切《き》り出《だ》せばいいかわからなくて、まるで探《さぐ》るような聞《き》き方《かた》になってしまった。

「うん。今日《きょう》から始《はじ》まる学祭《がくさい》の準備《じゅんび》について話《はな》してた」

平然《へいぜん》と答《こた》える夜宮《よみや》くん。会長《かいちょう》さんは星《ほし》ノ宮《みや》の正門《せいもん》で私《わたし》を待《ま》ってくれていたから……夜《よ》宮《みや》くんとは会《あ》えていないはずなのに……。

嘘《うそ》をついている夜宮《よみや》くんに、ますます胸《むね》が苦《くる》しくなる。

「それ以外《いがい》に……何《なに》か、あった……？」

「何《なに》も。一翠《いっすい》と話《はな》してすぐに帰《かえ》ったし」

夜宮《よみや》くんは、私《わたし》が昨日《きのう》のことを知《し》らないと思《おも》ってるから……嘘《うそ》をつけばいいって思《おも》ってるのかな？

いっそ、薄氷《うすらい》さんが気《き》になっているとか、私《わたし》のことはもう好《す》きじゃないとか……はっきり言《い》ってくれたら……。

「千結《ちゆ》？　どうした？」

「ごめん……今《いま》、夜宮《よみや》くんと話《はな》したくない」

「え？　……っ、千結《ちゆ》……！」

泣《な》きそうな顔《かお》を見《み》られる前《まえ》に、夜宮《よみや》くんから逃《に》げた。

正直《しょうじき》に話《はな》してもらえなかったことが、悲《かな》しい……。

でも、一番《いちばん》は……。

はっきりと聞《き》く勇気《ゆうき》がわかない、意気地《いくじ》なしな自分《じぶん》に対《たい》して……悲《かな》しくて腹《はら》がたった。

結局《けっきょく》、午前中《ごぜんちゅう》は夜宮《よみや》くんをずっと避《さ》けてしまった。

夜宮《よみや》くんは休《やす》み時間《じかん》のたびに私《わたし》の席《せき》に来《き》て話《はな》そうとしてくれたけど、今《いま》は冷静《れいせい》に夜宮《よみや》くんと話《はなし》をすることができないと思《おも》って、逃《に》げるように教室《きょうしつ》を出《で》ていた。


午後《ごご》になって、学活《がっかつ》の時間《じかん》になる。

今日《きょう》から学園祭《がくえんさい》まで、午後《ごご》の授業《じゅぎょう》は全部《ぜんぶ》学園祭《がくえんさい》の準備時間《じゅんびじかん》になっていた。

「千結《ちゆ》、これ一緒《いっしょ》に運《はこ》んでくれない？」

「うん！　凛《りん》ちゃん、大変《たいへん》そうだね」

「まあ、委員《いいん》になっちゃったしね」

学祭委員《がくさいいいん》の凛《りん》ちゃんは、あっちに行《い》ったりこっちに行《い》ったり忙《いそが》しそうだ。

凛《りん》ちゃんの荷物《にもつ》を半分《はんぶん》持《も》って、ふたりで学祭《がくさい》のステージイベントが行《おこな》われる場所《ばしょ》に向《む》かう。

「一翠《いっすい》さまっ！　ペア組《く》んでくださーいっ！」

ん……？

今《いま》、会長《かいちょう》さんの名前《なまえ》が聞《き》こえたような……。

「早速月城《さっそくつきしろ》の会長《かいちょう》、囲《かこ》まれてるわね」

凛《りん》ちゃんが、呆《あき》れたようにため息《いき》を吐《は》いた。

え？　ほんとに会長《かいちょう》さん？

「今日月城《きょうつきしろ》の人《ひと》たちも来《き》てるの？」

「ステージの準備《じゅんび》をするから、学祭委員《がくさいいいん》の人《ひと》たちは来《き》てくれてるみたい」

そうだったんだ……。

荷物《にもつ》を置《お》いてステージのほうをみると、女《おんな》の子《こ》たちが集《あつ》まっていた。

その中心《ちゅうしん》には、少《すこ》し困《こま》ったように微笑《ほほえ》んでいる会長《かいちょう》さんが。

「コンテストのペアの座《ざ》を狙《ねら》って、みんな必《ひっ》死《し》みたい」

「コンテスト……？」

「千結《ちゆ》、知《し》らないの？」

びっくりしている凛《りん》ちゃんに、首《くび》をかしげる。

「ほんとにそういう話疎《はなしうと》いわよね。合同《ごうどう》学園祭《がくえんさい》のイベントよ。ブラッディカップルコンテスト」
ブ、ブラッディカップルコンテスト……？
「な、なにそれ……？」

頭《あたま》のうえのはてなマークが、ますます増《ふ》えていく。

「星《ほし》ノ宮《みや》と月城《つきしろ》で男女《だんじょ》ペアを組《く》んで、いろんなゲームに挑戦《ちょうせん》して絆《きずな》を深《ふか》めるの」

なるほど……それで、会長《かいちょう》さんはペアを申《もう》し込《こ》まれてるってこと……？

月城《つきしろ》の生徒会《せいとかい》、すごい人気《にんき》だな。

「ちなみに、優勝者《ゆうしょうしゃ》は各校《かくこう》カフェテリアの食券《しょっけん》一ヶ月分《いっかげつぶん》がもらえます！」

「い、一ヶ月分《いっかげつぶん》……！」

そ、それは誰《だれ》だって本気《ほんき》になるよ……！

一ヶ月分《いっかげつぶん》も無料《むりょう》なんて、夢《ゆめ》みたいっ……。

「でも、千結《ちゆ》もうかうかしてられないわよ。ほら、夜宮《よみや》くんも囲《かこ》まれてる」

……え？

凛《りん》ちゃんが指差《ゆびさ》したほうをみると、せっせと働《はたら》いている夜宮《よみや》くんの周《まわ》りに、月城学園《つきしろがくえん》

の生徒《せいと》が集《あつ》まっていた。

「あのっ、夜宮様《よみやさま》」

「……」

「あたしとペア、組《く》んでくれませんかっ」

「……」

夜宮《よみや》くんは無視《むし》してるけど、女《おんな》の子《こ》たちも引《ひ》く気《き》がないのかますます人《ひと》が集《あつ》まってい
た。

「千結《ちゆ》、あれいいの？」

「……」

もちろん、ほかの女《おんな》の子《こ》に囲《かこ》まれているのを見《み》るのは嫌《いや》だけど……今《いま》は気《き》まずい状態《じょうたい》
だから、何《なに》も言《い》えない……。

それに今《いま》は……夜宮《よみや》くんが本当《ほんとう》は薄氷《うすらい》さんのことが好《す》きなのかどうかも……わからない
状態《じょうたい》だ……。

何《なに》も言《い》えずに夜宮《よみや》くんを見《み》ていると、月城《つきしろ》の制服《せいふく》を着《き》た一人《ひとり》の女《おんな》の子《こ》が颯爽《さっそう》と現《あらわ》れた。

「仕事中《しごとちゅう》なので、後《あと》にして下《くだ》さい」

薄氷《うすらい》さん……。

夜宮《よみや》くんを守《まも》るように、前《まえ》に立《た》った薄氷《うすらい》さん。

その姿《すがた》に、ずきりと胸《むね》が痛《いた》んだ。

「紗雪様《さゆきさま》がそう言《い》うなら……」

「し、失礼《しつれい》しました……」

薄氷《うすらい》さんには学内《がくない》でも権限《けんげん》があるのか、女《おんな》の子《こ》たちがおとなしく言《い》うことを聞《き》いている。

女《おんな》の子《こ》たちがいなくなった後《あと》も、夜宮《よみや》くんと薄氷《うすらい》さんは何《なに》か話《はな》していた。

何《なに》を話《はな》しているんだろう……。

学祭《がくさい》のことかな……それとも……。

ダメだ、悪《わる》い方向《ほうこう》にばっかり考《かんが》えちゃう。

「見《み》て、朔様《さくさま》と紗雪様《さゆきさま》、絵《え》になるわね……」

「正直《しょうじき》あの方《かた》なら、朔様《さくさま》をとられても仕方《しかた》ないわ」

さっきまで夜宮《よみや》くんのところに集《あつ》まってい

た女《おんな》の子《こ》たちが、うっとりした表情《ひょうじょう》でふたりを見《み》ていた。

本当《ほんとう》に……どこからどう見《み》ても、お似合《にあ》いなふたりだ……。

ふたりともきれいで、吸血鬼同士《きゅうけつきどうし》で……薄氷《うすらい》さんは私《わたし》と違《ちが》って、きっと優秀《ゆうしゅう》な人《ひと》なんだろうな……。

……胸《むね》が、痛《いた》い……。

下唇《したくちびる》をきゅっと噛《か》み締《し》めたとき、薄氷《うすらい》さんと話《はな》していた夜宮《よみや》くんの視線《しせん》が突然《とつぜん》こっちを向《む》いた。

バチッと、思《おも》いっきり夜宮《よみや》くんと目《め》が合《あ》ってしまう。

そして、あからさまに目《め》をそらしてしまった。

まさかこっちに気《き》づくと思《おも》わなかった……早《はや》く向《む》こうに戻《もど》ろうっ……。

「ねえ、一翠《いっすい》さま……！」

「あたしと組《く》んでください……！」

くるりと方向《ほうこう》を変《か》えたとき、会長《かいちょう》さんを囲《かこ》む女《おんな》の子《こ》たちがこっちに近《ちか》づいてきていることに気《き》づいた。

というか……会長《かいちょう》さんが、こっちに来《き》てる……？

「千結《ちゆ》」

目《め》の前《まえ》までやって来《き》た会長《かいちょう》さんに、驚《おどろ》いて立《た》ち止《ど》まる。

「姿《すがた》を見《み》つけたから、うれしくて声《こえ》をかけてしまったよ」

私《わたし》の前《まえ》で立《た》ち止《ど》まった会長《かいちょう》さんが、きらきら笑顔《えがお》でそう言《い》った。

う……ま、まぶしいっ……。

「こんにちは。学園祭《がくえんさい》の準備《じゅんび》ですか？」

「うん。本当《ほんとう》は明日《あした》から準備《じゅんび》に来《く》る予定《よてい》だったんだけど、予定《よてい》が早《はや》まったんだ」

そうだったんだ……。

「一翠《いっすい》さま、ブラッディカップルコンテストのペアは誰《だれ》にするんですか？」

ずっと会長《かいちょう》さんの周《まわ》りにいる女《おんな》の子《こ》たちが、根気強《こんきづよ》く聞《き》いていた。

ほ、ほんとにモテモテだな……あはは。

「よかったら、あたしと……！」

「ごめん、僕《ぼく》は白咲《しろさき》さんと組《く》むから」

えっ……!?

私《わたし》の肩《かた》を組《く》んで、宣言《せんげん》した会長《かいちょう》さん。

えっ

私《わたし》と組《く》む……？

ブラッディカップルコンテストを……？

え……えええっ……！

驚《おどろ》いて固《かた》まる私《わたし》とは対照的《たいしょうてき》に、会長《かいちょう》さんはにこにこ微笑《ほほえ》んでいる。

もしかして、女《おんな》の子《こ》たちを諦《あきら》めさせるためにそう言《い》ってるだけ……？

い、いやいや、本当《ほんとう》に出場《しゅつじょう》することになったら大変《たいへん》だっ……。

「おい、一翠《いっすい》！」

混乱《こんらん》していると、離《はな》れたところから夜宮《よみや》くんの声《こえ》がした。

「おい、一翠《いっすい》！　何勝手《なにかって》に決《き》めてるんだよ！　そんなの許《ゆる》すわけないだろ」

怒《おこ》ったように、会長《かいちょう》さんを睨《にら》んでいる夜宮《よみや》くん。

「朔《さく》には関係《かんけい》ないだろう」

「は？」

「そうだよね、千結《ちゆ》」

昨日《きのう》のことがあったからか、会長《かいちょう》さんは同意《どうい》を求《もと》めるように私《わたし》を見《み》た。

「なら、朔《さく》は私《わたし》とペアになりましょう」

そう言《い》って、夜宮《よみや》くんの後《うし》ろから現《あらわ》れた薄氷《うすらい》さん。

なんだか、とんでもないことになってる……。

「僕《ぼく》とコンテストに出《で》て、朔《さく》と紗雪《さゆき》に勝《か》とう。ふたりの優勝《ゆうしょう》を阻止《そし》するんだ」

状況判断《じょうきょうはんだん》が追《お》いつかない私《わたし》の耳元《みみもと》で、ぼそっと会長《かいちょう》さんがささやいた。

「阻止《そし》って、そんな……」

私《わたし》がふたりに、勝《か》てるわけない……。

……なんて、負《ま》けを認《みと》めている時点《じてん》で、もう私《わたし》は夜宮《よみや》くんの恋人《こいびと》だっていう自信《じしん》がなくなってるのかな……。

「大丈夫《だいじょうぶ》。僕《ぼく》と千結《ちゆ》ならきっと優勝《ゆうしょう》できる。それに……カフェテリアの食券一《しょっけんいっ》ヶ月分《かげつぶん》ももらえるみたいだよ」

それは、悪魔《あくま》のささやきに聞《き》こえた。

これは、薄氷《うすらい》さんからの挑戦《ちょうせん》なのかな……だとしたら、逃《に》げたくない……。

それに……。食券一《しょっけんいっ》ヶ月分《かげつぶん》は……ほしい……っ。

「はあ？　薄氷《うすらい》とペアになるわけないだろ、俺《おれ》は——」

「で、でます」

何《なに》か話《はな》している夜宮《よみや》くんと薄氷《うすらい》さんに、覚悟《かくご》を決《き》めて宣言《せんげん》する。

「千結《ちゆ》、何言《なにい》って……」

「ふふっ、それじゃあ、僕《ぼく》と千結《ちゆ》がペア。朔《さく》と紗雪《さゆき》がペアってことで……当日《とうじつ》はよろしくね」

「は？　おい、さっきから勝手《かって》に……」

「もう決定事項《けっていじこう》だから。文句《もんく》があるなら朔《さく》は棄権《きけん》すればいいよ」

「なっ……」

「行《い》こ、千結《ちゆ》」

えっ……。

私《わたし》の手《て》を握《にぎ》って、走《はし》り出《だ》した会長《かいちょう》さん。

ど、どこに行《い》くのっ……？

庶民派《しょみんは》デート？

会長《かいちょう》さんは、人影《ひとかげ》がなくなってようやく立《た》ち止《ど》まった。

「はぁ、はぁ……」

息《いき》が切《き》れてしまった私《わたし》は、ずるずるとその場《ば》にしゃがみこむ。

「あ……ご、ごめんね、君《きみ》の体力《たいりょく》を考《かんが》えずに……」

「い、いいんです、私《わたし》が運動不足《うんどうぶそく》なだけですから……あはは」

謝《あやま》られると、ますます惨《みじ》めにっ……。

「収拾《しゅうしゅう》がつかなさそうだったから、逃《に》げてきちゃった」

にっこりと微笑《ほほえ》む会長《かいちょう》さんは、今日《きょう》も何《なに》を考《かんが》えているのかわからない。

「勝手《かって》にあんなこと言《い》って、ごめんね」

あんなことって……ブラッディカップルコンテストのことだよね……？

「いえ……会長《かいちょう》さんがいてくれて、助《たす》かりました……」

ひとりだったらきっと……。

『なら、朔《さく》は私《わたし》とペアになりましょう』

ふたりを見《み》て、何《なに》も言《い》わずに立《た》ち尽《つ》くしてしまっていたかもしれない……。

「一翠《いっすい》さまー！」

会長《かいちょう》さんの名前《なまえ》を呼《よ》ぶ女《おんな》の子《こ》の声《こえ》が聞《き》こえて、ふたりで物陰《ものかげ》に隠《かく》れる。

「しばらく戻《もど》れそうもないね」

なんだか騒《さわ》ぎになってるみたい……。

「そうだ。抜《ぬ》け出《だ》して、僕《ぼく》とデートしないかい？」

「え⁉」

デート⁉

「い、いやいや、デートはちょっと……」

「ふふっ、そうだ、行《い》きたい場所《ばしょ》があったんだ。さ、早《はや》く早《はや》く！」

「あ、あのっ……」

私《わたし》の手《て》を握《にぎ》って、再《ふたた》び歩《ある》きだした会長《かいちょう》さん。

じ、自由《じゆう》すぎる、会長《かいちょう》さんっ……。

そうだ
抜《ぬ》け出《だ》して僕《ぼく》とデートしないかい？
え!?
デート!?

会長《かいちょう》さんは、私《わたし》の手《て》を引《ひ》いて行《い》きたいところに案内《あんない》してくれた。

……と言《い》っても、そこはいつも友達《ともだち》と何気《なにげ》なく遊《あそ》ぶような場所《ばしょ》。

「ここですか？」

「人間《にんげん》たちの間《あいだ》で人気《にんき》だと聞《き》いて」

な、なるほど……。

私《わたし》にとってはふらっと立《た》ち寄《よ》るようなところでも、会長《かいちょう》さんみたいなお金持《かねも》ちにとっては、行《い》く機会《きかい》がないところなのかもしれない……。

行《い》きたいとこって言《い》うから、てっきりよくわからない宮殿《きゅうでん》とかに連《つ》れてかれるかと思《おも》ったけど、私《わたし》も来《き》たことがある場所《ばしょ》でよかった……。

目《め》をきらきらさせながら、周《まわ》りを見《み》ている会長《かいちょう》さん。

会長《かいちょう》さんにとっては、全部《ぜんぶ》が新鮮《しんせん》なのかな……ふふっ。

「それじゃあ、私《わたし》が案内《あんない》しますね」

「お願《ねが》いしてもいいかい？」

ふふっ、会長《かいちょう》さんは私《わたし》を見《み》て、笑顔《えがお》でうなずいた。

「これは何《なに》？」

少《すこ》し歩《ある》いたとき、カラフルな装飾《そうしょく》のお店《みせ》を見《み》つけて、指《ゆび》を差《さ》した会長《かいちょう》さん。

「クレープっていうんですよ。薄《うす》い生地《きじ》に、生《なま》クリームとか好《す》きなものをトッピングして食《た》べるんです。甘《あま》くておいしいですよ」

「へぇ……！」

食《た》べたことないのかな？

興味《きょうみ》があるのか、じっと展示《てんじ》のクレープを見《み》ている。

「食《た》べてみますか？」

「うん……！　一緒《いっしょ》に食《た》べよう」

どの種類《しゅるい》にしようか悩《なや》んでから、ふたりで食《た》べるクレープを決《き》める。

「二《ふた》つもらえるかな」

会長《かいちょう》さんは、笑顔《えがお》でブラックカードを出《だ》した。

クレープ買《か》うのにブラックカード⁉

「あ、あの、カードは……」

店員《てんいん》さんも戸惑《とまど》っていて、申《もう》し訳《わけ》ない気持《きも》ちになった。

「え？　使《つか》えないのかい」

「あ、あの、ここは私《わたし》が……！」

やっぱり会長《かいちょう》さんって、正真正銘《しょうしんしょうめい》のお金持《かねも》ちなんだろうなっ……あはは。

クレープを持《も》って、近《ちか》くのベンチに座《すわ》る。

「驚《おどろ》いた。現金《げんきん》なんて久々《ひさびさ》に見《み》たよ」

「ははは……」

「ごちそうになってしまってごめんね」

「そんな、いいんですよ！　私《わたし》もこの前《まえ》、紅茶《こうちゃ》をごちそうしてもらいましたし」

「……君《きみ》は優《やさ》しいね」

会長《かいちょう》さんはなぜか、しみじみとそう言《い》った。

「優《やさ》しいのは会長《かいちょう》さんのほうですよ！　それより、食《た》べましょう！」

「うん」

どこから食《た》べていいのかわからないのか、戸惑《とまど》いながらぱくりとかじりついた会長《かいちょう》さん。

その目《め》が、みるみるうちに明《あか》るくなっていく。

「おいしい……！」

よかったっ……。

「こ、こぼれる」

食《た》べ進《すす》めていくとまたどこから食《た》べていいのかわからなくなったみたいで、クレープに苦戦《くせん》している姿《すがた》を横目《よこめ》で見《み》つめる。

ふふっ……こうしてみると、会長《かいちょう》さんも同《おな》じ中学生《ちゅうがくせい》なんだって実感《じっかん》するな……。

いつもどこか大人《おとな》びて見《み》える会長《かいちょう》さんが……初《はじ》めて年相応《としそうおう》の男《おとこ》の子《こ》に見《み》えた。

「見《み》てっ、あの人絶対吸血鬼《ひとぜったいきゅうけつき》だよー」

「めっちゃイケメン！」

やっぱり、会長《かいちょう》さんは目立《めだ》つな……。

前《まえ》を通《とお》る女《おんな》の子《こ》たちが、会長《かいちょう》さんを見《み》ながら頬《ほほ》を染《そ》めている。

立《た》ち止《ど》まってじっと見《み》ている人《ひと》もいて、モテるのも大変《たいへん》そうだなと同情《どうじょう》した。

目《め》を引《ひ》く人《ひと》だっていうのもあるけど、会長《かいちょう》さんみたいな高貴《こうき》なオーラを放《はな》っている人《ひと》がこういう庶民的《しょみんてき》な場所《ばしょ》にいたら、浮《う》いてしまうんだろう。

逆《ぎゃく》に私《わたし》が高貴《こうき》なところにいたら、浮《う》いてしまうだろうし……。

……あ。

もしかして……私《わたし》が気《き》を張《は》らないように、庶民的《しょみんてき》な場所《ばしょ》を選《えら》んでくれたのかな……？

きっと、そうだ……。

会長《かいちょう》さんは何《なに》を考《かんが》えているのかわからないけど……周《まわ》りの人《ひと》を気《き》づかえる、優《やさ》しい吸血鬼《きゅうけつき》だと思《おも》うから。

全部《ぜんぶ》食《た》べ終《お》わって、満足《まんぞく》げに微笑《ほほえ》んだ会長《かいちょう》さん。

「おいしかった……ぜひ、違《ちが》う味《あじ》も試《ため》してみたいね」

「全部制覇《ぜんぶせいは》できるといいですね」

私《わたし》も微笑《ほほえ》み返《かえ》すと、会長《かいちょう》さんは気《き》まずそうに視線《しせん》をそらした。

「その……」

ん……？

「昨日《きのう》あのあと……朔《さく》とは仲直《なかなお》りできた？」

ドキッと、心臓《しんぞう》がはねる。

「……実《じつ》は、まだ話《はな》せていなくて……」

「そっか……」

ちゃんと話《はな》さないといけないってわかってるけど……今日《きょう》は一日《いちにち》、夜宮《よみや》くんを避《さ》け続《つづ》けた。

明日《あした》は話《はな》せるように……覚悟《かくご》を決《き》めなきゃ。

先延《さきの》ばしにしても意味《いみ》がないし、向《む》き合《あ》わなきゃいけないんだから……。

「昨日《きのう》も言《い》ったけど、朔《さく》がいないときは、代《か》わりに僕《ぼく》を頼《たよ》ってね」

いつもの優《やさ》しい笑顔《えがお》を浮《う》かべて、そう言《い》ってくれる会長《かいちょう》さん。

心配《しんぱい》してくれるのは嬉《うれ》しいけど、どこか利他的《りたてき》な言《い》い方《かた》に聞《き》こえた。

「そんな、代《か》わりみたいな言《い》い方《かた》……私《わたし》が悪《わる》い人間《にんげん》だったら、だまされて利用《りよう》されますよ……！」

会長《かいちょう》さんは優秀《ゆうしゅう》な人《ひと》だろうし、だまされるようなことはないだろうけど……少《すこ》し心配《しんぱい》だ。

「だましてくれてもいいよ。だって、人《ひと》はだます生《い》き物《もの》でしょ？」

え……？

当然《とうぜん》のことみたいに、会長《かいちょう》さんは笑《わら》った。

「あ……ごめん、今《いま》の言《い》い方《かた》は失礼《しつれい》だったね。人間《にんげん》がってわけじゃなくて……ほら、吸《きゅう》血鬼《けつき》も人間《にんげん》も、だましあって生《い》きていくものだから」

ずっと会長《かいちょう》さんの、大人《おとな》びた態度《たいど》が不思議《ふしぎ》だった。

温厚《おんこう》で、いつも笑顔《えがお》で……あまりにも落《お》ち着《つ》きすぎている振《ふ》る舞《ま》いに、違和感《いわかん》を持《も》っていたんだ。

でも……その理由《りゆう》がわかった。

「たとえ友達《ともだち》だろうと、恋人《こいびと》だろうと……いつ裏切《うらぎ》られるかはわからない」

この人《ひと》は、誰《だれ》にも期待《きたい》してないんだ……。

だまされたり、裏切《うらぎ》られたりする前提《ぜんてい》で人《ひと》と接《せっ》しているから、こんなにも達観《たっかん》してるんだ。

きっと私《わたし》には想像《そうぞう》もできない、誰《だれ》も信用《しんよう》できないような環境《かんきょう》で育《そだ》ったのかもしれない……。

そう思《おも》うと、胸《むね》がぎゅっとしめつけられた。

「会長《かいちょう》さん、違《ちが》います」

「え？」

「恋人《こいびと》っていうのは、心《こころ》のそこから信頼《しんらい》できるパートナーのことです」

人《ひと》はだます生《い》き物《もの》なんて……思《おも》ったままでいてほしくない。

会長《かいちょう》さんを大事《だいじ》にしてくれる、心《こころ》から愛《あい》してくれる人《ひと》がいつか現《あらわ》れるはずだから。

「恋人《こいびと》は絶対《ぜったい》に裏切《うらぎ》らない、一番《いちばん》の味方《みかた》なんですよ」

「……」

「だから、だまされてもいいなんて悲《かな》しいこと言《い》わないでください」

会長《かいちょう》さんがどんな人生《じんせい》をおくってきたのか、知《し》りもしないでこんなことを言《い》うのはいけないのかもしれないけど……会長《かいちょう》さんには幸《しあわ》せでいてほしい。

そして今《いま》よりもっと、幸《しあわ》せになってほしいって思《おも》うから。

「千結《ちゆ》は……」

俯《うつむ》いてから、また顔《かお》をあげた会長《かいちょう》さん。

その瞳《ひとみ》は少《すこ》しだけ潤《うる》んでいて、まるで何《なに》かをねだるような視線《しせん》に見《み》えた。

「だったら、千結《ちゆ》がなってよ」

え……？

「恋人《こいびと》は、千結《ちゆ》じゃないと嫌《いや》だ」

唯一《ゆいいつ》の純粋《じゅんすい》【side 一翠《いっすい》】

朔《さく》から千結《ちゆ》を奪《うば》うと決《き》めた僕《ぼく》は、早速行動《さっそくこうどう》に出《で》た。

朔《さく》をだまして誘《おび》き寄《よ》せて、千結《ちゆ》に衝撃《しょうげき》の光景《こうけい》を見《み》せる。

こうすれば、大抵《たいてい》の人間《にんげん》は簡単《かんたん》にだまされてくれる。

人間《にんげん》をだますのも、奪《うば》うのも、僕《ぼく》には簡単《かんたん》なことだ。

これで少《すこ》し優《やさ》しくすれば、千結《ちゆ》もころっと僕《ぼく》に堕《お》ちてくれるはず。

そう、思《おも》っていたのに……。

「私《わたし》は夜宮《よみや》くんのことを傷《きず》つけたくないので……ごめんなさい……」

思《おも》っていたよりも、ふたりの絆《きずな》は固《かた》かったらしい。

でも、僕《ぼく》はあきらめない。

朔《さく》を陥《おとしい》れるために、千結《ちゆ》を手《て》に入《い》れるために。

「そうだ。抜《ぬ》け出《だ》して、僕《ぼく》とデートしないかい？」

「え⁉　い、いやいや、デートはちょっと……」

「ふふっ、そうだ、行《い》きたい場所《ばしょ》があったんだ。さ、早《はや》く早《はや》く！」

「あ、あのっ……」

戸惑《とまど》っている千結《ちゆ》の手《て》を引《ひ》っ張《ぱ》って、強引《ごういん》に連《つ》れ出《だ》した。

さっきの様子《ようす》からして、まだ朔《さく》とのケンカは長引《ながび》いているだろうから、付《つ》け入《い》るなら今《いま》しかない。

女《おんな》の子《こ》を落《お》とすのは簡単《かんたん》だ。

素敵《すてき》なプレゼントと料理《りょうり》、最高《さいこう》のエスコートをして甘《あま》い言葉《ことば》をささやけば、いつの間《ま》にか好意《こうい》を向《む》けてくれている。

千結《ちゆ》が気《き》に入《い》るところを考《かんが》えたけれど、きっと高級《こうきゅう》なレストランだと萎縮《いしゅく》する気《き》がした。

なら……いっそ、カジュアルな場所《ばしょ》に行《い》くのがいいんじゃないかと思《おも》って、駅前《えきまえ》のショップ街《がい》に連《つ》れ出《だ》した。

「それじゃあ、私《わたし》が案内《あんない》しますね」

「お願《ねが》いしてもいいかい？」

千結《ちゆ》はよく来《く》る場所《ばしょ》なのか、僕《ぼく》を楽《たの》しませようと周辺《しゅうへん》の説明《せつめい》をしてくれる。

「ここはフォトスポットなので、中高生《ちゅうこうせい》に人気《にんき》なんですよ」

「へー、華《はな》やかだね」

「ここの橋《はし》も、きれいですよね」

「うん、初《はじ》めて見《み》たよ」

子供《こども》のころから常《つね》にボディーガードをつけられていたし、ひとりで出歩《であ》くのを禁止《きんし》されていたから……こんな世界《せかい》があったなんてと、驚《おどろ》きの連続《れんぞく》だった。

……って、これじゃあ僕《ぼく》がエスコートされているみたいだ。

千結《ちゆ》の心《こころ》をつかまないといけないんだから……僕《ぼく》が楽《たの》しませないと。

そう思《おも》ったとき、小《ちい》さくて派手《はで》な店《みせ》が目《め》に入《はい》った。

「これは何《なに》？」

「クレープっていうんですよ。薄《うす》い生地《きじ》に、生《なま》クリームとか好《す》きなものをトッピングして食《た》べるんです。甘《あま》くておいしいですよ」

「へえ……！」

ガレットは食《た》べたことがあるけど、こういった形式《けいしき》のものは初《はじ》めて見《み》たな……。

僕《ぼく》の知《し》っているクレープとは違《ちが》うそれに、興味《きょうみ》を持《も》ってディスプレイをじっと見《み》る。

「食《た》べてみますか？」

千結《ちゆ》は僕《ぼく》の心《こころ》を読《よ》んだのか、そう聞《き》いてくれた。

種類《しゅるい》がたくさんあったから、何《なに》にするか悩《なや》んで、二人分注文《ふたりぶんちゅうもん》する。

「二《ふた》つもらえるかな」

「あ、あの、カードは……」

「え？　使《つか》えないのかい」

このキャッシュレス社会《しゃかい》で……？

しまった……カードなら複数枚所持《ふくすうまいしょじ》しているけど、現金《げんきん》は持《も》ち歩《ある》いていない……。

「あ、あの、ここは私《わたし》が……！」

見《み》かねた千結《ちゆ》が払《はら》ってくれて、申《もう》し訳《わけ》ない気持《きも》ちになった。

女性《じょせい》に払《はら》わせるなんて……。

もてなすどころか、僕《ぼく》がもてなされてしまった。

カッコ悪《わる》かっただろうな……。

「驚《おどろ》いた。現金《げんきん》なんて久々《ひさびさ》に見《み》たよ」

「ははは……」

「ごちそうになってしまってごめんね」

「そんな、いいんですよ！　私《わたし》もこの前《まえ》、紅茶《こうちゃ》をごちそうしてもらいましたし」

本当《ほんとう》にそう思《おも》っているのか、まっさらな笑顔《えがお》を向《む》けてくれた千結《ちゆ》。

少《すこ》し驚《おどろ》いて、一瞬《いっしゅん》言葉《ことば》を失《うしな》った。

「……君《きみ》は優《やさ》しいね」

僕《ぼく》が気《き》をつかわないように言《い》ってくれたのかな……。

周《まわ》りに千結《ちゆ》みたいなタイプの女《おんな》の子《こ》がいなかったから、なおさら彼女《かのじょ》の心遣《こころづか》いが沁《し》みた。

僕《ぼく》の親戚《しんせき》の女性《じょせい》たちなら、怒《おこ》って帰《かえ》るところだ。

さすがというか……僕《ぼく》が一目惚《ひとめぼ》れするほどきれいな心《こころ》をもっている千結《ちゆ》は、優《やさ》しさに溢《あふ》れているんだと思《おも》う。

紅茶《こうちゃ》をごちそうって言《い》っても、もともとあった茶葉《ちゃば》を出《だ》しただけだし……喜《よろこ》んでくれたなら何《なに》よりだけど、このクレープに比《くら》べたらとるにたらないものだっただろう。

「優《やさ》しいのは会長《かいちょう》さんのほうですよ！」

僕《ぼく》が、優《やさ》しい……。

僕《ぼく》は君《きみ》を……だましているのに？

千結《ちゆ》は僕《ぼく》が嘘《うそ》をついたことを知《し》ったら、どう思《おも》うんだろう。

嫌《きら》われてしまうのかな……。

そう思《おも》ったら、感《かん》じたことのない焦燥感《しょうそうかん》に襲《おそ》われた。

「それより、食《た》べましょう！」

「うん」

千結《ちゆ》には……嫌《きら》われたく、ないかもしれない。

……って、僕《ぼく》はさっきから何《なに》を……。

僕《ぼく》は千結《ちゆ》のことを好《す》きだし、自分《じぶん》のものにしたいと思《おも》っているけど、どちらかと言《い》えば、朔《さく》を不幸《ふこう》にしたい気持《きも》ちのほうが強《つよ》かった。

どうしてもあいつに一泡《ひとあわ》吹《ふ》かせたいと、ずっと思《おも》って生《い》きてきたから。

そのためなら、千結《ちゆ》に苦《くる》しい思《おも》いをさせることも厭《いと》わないと思《おも》っていたのに……。

今《いま》の僕《ぼく》は純粋《じゅんすい》に、千結《ちゆ》といることを楽《たの》しんでいる。

千結《ちゆ》のそばは、心地《ここち》いい。

この笑顔《えがお》を見《み》ていると、僕《ぼく》の全部《ぜんぶ》を受《う》け入《い》れてくれるんじゃないか……なんて、ありえない願望《がんぼう》を抱《いだ》いてしまいそうになる。

たとえ恋人同士《こいびとどうし》であろうと、裏切《うらぎ》ったりだましあったりはするはずだし、信頼《しんらい》するなんてバカのすることだ。

人間《にんげん》も吸血鬼《きゅうけつき》も、愛《あい》だの恋《こい》だの言《い》っているが所詮《しょせん》は自分《じぶん》がかわいい。

自分《じぶん》が楽《たの》しいから恋愛《れんあい》をして、自分《じぶん》が愛《あい》されたいから他人《たにん》を愛《あい》す。

僕《ぼく》はそんな……愚《おろ》かな輪《わ》の中《なか》には入《はい》らない。

芽生《めば》え始《はじ》めた気持《きも》ちに蓋《ふた》をして、クレープをぱくりと食《た》べる。

口内《こうない》に広《ひろ》がる、生《なま》クリームの甘《あま》み。


「おいしい……！」

今《いま》まで食《た》べたどんなスイーツよりも、おいしいかもしれない。

もともと甘《あま》いものは好《す》きなほうだけど、こんなにおいしいものがあったなんて……。

おいしくて夢中《むちゅう》で食《た》べていると、僕《ぼく》を見《み》ている千結《ちゆ》と目《め》があった。

慈愛《じあい》に満《み》ちた表情《ひょうじょう》でこっちを見《み》て、微笑《ほほえ》んでいる千結《ちゆ》。

はしゃいでいる僕《ぼく》が、滑稽《こっけい》だったのかもしれない。でも……千結《ちゆ》の目《め》は、からかっているようには見《み》えなくて、ただ見守《みまも》ってくれているような安心感《あんしんかん》があった。

千結《ちゆ》といると、調子《ちょうし》が狂《くる》いそうだ……。

「おいしかった……ぜひ、違《ちが》う味《あじ》も試《ため》してみたいね」

「全部制覇《ぜんぶせいは》できるといいですね」

ふふっと笑《わら》ってくれる彼女《かのじょ》に、わざとらしく視線《しせん》をそらす。

僕《ぼく》だって、やられっぱなしというわけじゃない。

「その……」

そろそろ本来《ほんらい》の目的《もくてき》を果《は》たさないと……。

「昨日《きのう》あのあと……朔《さく》とは仲直《なかなお》りできた？」

僕《ぼく》の言葉《ことば》に、あからさまに気《き》まずそうな顔《かお》になった千結《ちゆ》。

「……実《じつ》は、まだ話《はな》せていなくて……」

「そっか……」

まあ、聞《き》かなくてもさっきのふたりを見《み》れば、話《はな》し合《あ》えていないことはわかっていた。

「昨日《きのう》も言《い》ったけど、朔《さく》がいないときは、代《か》わりに僕《ぼく》を頼《たよ》ってね」

きっと、日頃《ひごろ》からの不満《ふまん》もあるだろう。

弱《よわ》っているところにつけ込《こ》んで、千結《ちゆ》の心《こころ》を奪《うば》ってみせる。

「そんな、代《か》わりみたいな言《い》い方《かた》……私《わたし》が悪《わる》い人間《にんげん》だったら、だまされて利用《りよう》されますよ……！」

悪《わる》い人間《にんげん》？　何《なに》を言《い》っているんだろう。

「だましてくれてもいいよ。だって、人《ひと》はだます生《い》き物《もの》でしょ？」

別《べつ》に善悪《ぜんあく》は関係《かんけい》なく、人間《にんげん》はもともとそういう生《い》き物《もの》だ。

恋愛《れんあい》だって、一種《いっしゅ》のだまし合《あ》いにすぎない。

そう思《おも》ったけど、千結《ちゆ》の表情《ひょうじょう》が曇《くも》った気《き》がして、自分《じぶん》の失言《しつげん》に気《き》づいた。

「あ……ごめん、今《いま》の言《い》い方《かた》は失礼《しつれい》だったね。人間《にんげん》がってわけじゃなくて……ほら、吸《きゅう》血鬼《けつき》も人間《にんげん》も、だましあって生《い》きていくものだから」

それぞれ違《ちが》った醜《みにく》さがあるし、それは悪《わる》いことじゃない。

当《あ》たり前《まえ》なんだから。

「たとえ友達《ともだち》だろうと、恋人《こいびと》だろうと……いつ裏切《うらぎ》られるかはわからない」

他人《たにん》は信用《しんよう》できないから、自分《じぶん》を守《まも》るすべを身《み》につける。

必死《ひっし》に自分《じぶん》を守《まも》りながら生《い》きていかなくてはいけない。

僕《ぼく》が育《そだ》った環境《かんきょう》は、そういう場所《ばしょ》だった。

他人《たにん》に期待《きたい》なんて……するだけ無駄《むだ》なんだと教《おし》えられて生《い》きてきた。

何《なに》もおかしなことは言《い》っていないと思《おも》ったけど、なぜか目《め》の前《まえ》の千結《ちゆ》の顔《かお》が、悲《かな》しそうに歪《ゆが》んだ。

さっきから……どうしてそんなに悲《かな》しそうな顔《かお》するんだろう……。

「会長《かいちょう》さん、違《ちが》います」

「え？」

違《ちが》う……？

「恋人《こいびと》っていうのは、心《こころ》の底《そこ》から信頼《しんらい》できるパートナーのことです」

僕《ぼく》には千結《ちゆ》が、何《なに》を言《い》っているのかわからない。

心《こころ》の底《そこ》から信頼《しんらい》……。

そんなの夢物語《ゆめものがたり》でしかない。

でも……僕《ぼく》も昔《むかし》は、そんな夢《ゆめ》を持《も》っていた気《き》がする。

世界中《せかいじゅう》探《さが》せば、どこかにひとりくらいは、そんな人《ひと》がいないかって。

警戒《けいかい》せずに一緒《いっしょ》にいられて、安心《あんしん》できて……心《こころ》の底《そこ》から僕《ぼく》を愛《あい》してくれるような……。

「恋人《こいびと》は絶対《ぜったい》に裏切《うらぎ》らない、一番《いちばん》の味方《みかた》なんですよ」

——そんな人《ひと》が、どこかに……。

ハッとした。

そういえば僕《ぼく》は、千結《ちゆ》の前《まえ》では警戒心《けいかいしん》を解《と》いている。

僕《ぼく》が悪《わる》いやつだと少《すこ》しも疑《うたが》っていなさそうだし、誰《だれ》かをだますなんて考《かんが》えつきもしなさそうな、お人《ひと》よしだから。

「……」

なんなんだろう、この子《こ》は……。

『恋人《こいびと》っていうのは、心《こころ》のそこから信頼《しんらい》できるパートナーのことです』

きっとほかの人《ひと》に言《い》われていたら、綺麗事《きれいごと》だって笑《わら》いとばすことができた。

でも……簡単《かんたん》に僕《ぼく》にだまされているくせに、恋人《こいびと》である朔《さく》のことはかたくなに裏切《うらぎ》ろうとしない……そんな千結《ちゆ》の言葉《ことば》だから、本心《ほんしん》で言《い》っているんだと信《しん》じることができた。

最初《さいしょ》、千結《ちゆ》を見《み》てきれいだと思《おも》った僕《ぼく》の目《め》は、やっぱり間違《まちが》っていなかったんだ。

「だから、だまされてもいいなんて悲《かな》しいこと言《い》わないでください」

微笑《ほほえ》んだ千結《ちゆ》を見《み》て、心《こころ》のそこから思《おも》った。

この子《こ》が——欲《ほ》しい。

千結《ちゆ》のことをきれいだと思《おも》ったのは、単純《たんじゅん》な見た目《みため》だけじゃなくて、その心《こころ》のきれいさが見た目《みため》にも映《うつ》し出《だ》されていたから。

朔《さく》の恋人《こいびと》だから、奪《うば》ってやろうと思《おも》った。

でも今《いま》は……ただただ千結《ちゆ》に惹《ひ》かれている。

自分《じぶん》でもまだ信《しん》じられないけど……きっとこんな子《こ》はほかにいない。

「千結《ちゆ》は……」

胸《むね》が苦《くる》しい。

これが、人《ひと》を好《す》きになるってことなのか……？

「だったら、千結《ちゆ》がなってよ」

「え？」

「恋人《こいびと》は、千結《ちゆ》じゃないと嫌《いや》だ」

絶対《ぜったい》に裏切《うらぎ》らない、一番《いちばん》の味方《みかた》。心《こころ》の底《そこ》から信頼《しんらい》できるパートナーは……君《きみ》しかいない。

汚《よご》れ切《き》った世界《せかい》で生《い》きてきて、きっと僕《ぼく》の心《こころ》もとっくににごっている。

今《いま》では息《いき》をするように嘘《うそ》をつくようになって、簡単《かんたん》に人《ひと》をだますことだってできるようになった。

何《なに》が自分《じぶん》の本心《ほんしん》なのか、わからない日《ひ》さえあるくらい。
そんな僕《ぼく》でも、これだけははっきりと言《い》えた。
この気持《きも》ちだけは、僕《ぼく》の唯一《ゆいいつ》の純粋《じゅんすい》だって。
目《め》を丸《まる》くして僕《ぼく》を見《み》る千結《ちゆ》の目《め》は、やっぱり吸《す》い込《こ》まれそうなくらいきれいだ。
朔《さく》への対抗心《たいこうしん》なんてもうどうでもいい。
絶対《ぜったい》に……この子《こ》は僕《ぼく》のものにする。
朔《さく》を不幸《ふこう》にしたい気持《きも》ちよりも、千結《ちゆ》が欲《ほ》しいという気持《きも》ちが上回《うわまわ》った瞬間《しゅんかん》だった。

向《む》き合《あ》わなきゃ

「恋人《こいびと》は、千結《ちゆ》じゃないと嫌《いや》だ」

会長《かいちょう》さんの言葉《ことば》に、驚《おどろ》いて目《め》を見開《みひら》く。

私《わたし》を見《み》つめる瞳《ひとみ》がきれいで、吸《す》い込《こ》まれそうで……金縛《かなしば》りにあったみたいに動《うご》けなくなった。

い、いつもの冗談《じょうだん》……？

この前《まえ》、一目惚《ひとめぼ》れって言《い》ってたのも、冗談《じょうだん》だよね……？

そう思《おも》うのに、目《め》をそらせない。

いつもは笑顔《えがお》を浮《う》かべて、何《なに》を考《かんが》えているのかわからない会長《かいちょう》さん。

でも、どうしてか……このとき初《はじ》めて、本当《ほんとう》の会長《かいちょう》さんが見《み》えた気《き》がした。

「千結《ちゆ》……！」

……え？

夜宮《よみや》くんの声《こえ》が聞《き》こえて、ようやく会長《かいちょう》さんから目《め》をそらすことができた。

会長《かいちょう》…さん…？
パシッ
ハァ
ハァ
よ　夜宮《よみや》くん⁉

手《て》を掴《つか》まれて反射的《はんしゃてき》に振《ふ》り返《かえ》ると、そこには汗《あせ》を流《なが》した夜宮《よみや》くんの姿《すがた》が。

「よ、夜宮《よみや》くん!?」

もしかして……探《さが》してくれたのかな……?

学校《がっこう》から離《はな》れた、こんなところまで……。

夜宮《よみや》くんは私《わたし》の手《て》を引《ひ》っぱって、まるで隠《かく》すように自分《じぶん》の後《うし》ろに移動《いどう》させた。

「一翠《いっすい》……お前《まえ》、どういうつもりだ」

後《うし》ろにいるから夜宮《よみや》くんの表情《ひょうじょう》は見《み》えないけど、さっき私《わたし》の名前《なまえ》を呼《よ》んだ声《こえ》とは、別人《べつじん》みたいに低《ひく》い声《こえ》だった。

「どういうつもりって?」

「コンテストのことも、千結《ちゆ》を連《つ》れ出《だ》したこともだ。俺《おれ》の恋人《こいびと》だって言《い》っただろ」

「僕《ぼく》だって、千結《ちゆ》を好《す》きになったって言《い》った」

か、会長《かいちょう》さん……。

また冗談《じょうだん》をと思《おも》って、夜宮《よみや》くんの背中《せなか》から会長《かいちょう》さんを見《み》る。

え……?

私《わたし》の視界《しかい》に映《うつ》ったのは、真剣《しんけん》な顔《かお》で夜宮《よみや》くんを見《み》ている会長《かいちょう》さん。

もしかして……本気《ほんき》で、言《い》ってるのかな……？

会長《かいちょう》さんが、私《わたし》を……？

ど、どうして……？

好《す》かれる理由《りゆう》が、全《まった》くわからない。

「それに、まだ恋人《こいびと》でしょ？　法律上《ほうりつじょう》、何《なに》も悪《わる》いことはしてないよ」

「……お前《まえ》……」

夜宮《よみや》くんの声《こえ》が、またワントーン下《さ》がった気《き》がする。

「ちなみに、もうエントリーしたから、コンテストの取《と》り消《け》しはできないよ」

えっ……い、いつの間《ま》に……？

少《すこ》しの間《あいだ》、ふたりの間《あいだ》に沈黙《ちんもく》が流《なが》れた。

「……千結《ちゆ》は、誰《だれ》にも渡《わた》さない」

夜宮《よみや》くんはそう言《い》って、私《わたし》の手《て》を引《ひ》っぱった。

「夜宮《よみや》くん、あのっ……」

「……」

手《て》を離《はな》そうとしたけど、きつく握《にぎ》られていて離《はな》すことができない。

郵 便 は が き

お手数ですが
切手をおはり
ください。

104-0031

東京都中央区京橋1-3-1
八重洲口大栄ビル7階
スターツ出版（株）書籍編集部
愛読者アンケート係

お名前（ふりがな）　　　　　　**電話**（　　）

ご住所（〒　　-　　）

学年（　　年）　**年齢**（　　歳）　**性別**（　　）

この本（はがきの入っていた本）のタイトルを教えてください。

今後、新しい本などのご案内やアンケートのお願いをお送りしてもいいですか？
1．はい　2．いいえ

いただいたご意見やイラストを、本の帯または新聞・雑誌・インターネットなどの広告で紹介してもいいですか？
1．はい　2．ペンネーム（　　　　）ならOK　3．いいえ

「野いちごジュニア文庫」愛読者カード

「野いちごジュニア文庫」の本をお買い上げいただき、ありがとうございました！
今後の作品づくりの参考にさせていただきますので、下の質問にお答えください。
（当てはまるものがあれば、いくつでも選んでOKです）

♥この本を知ったきっかけはなんですか？
1. 書店で見て　2. 人におすすめされて（友だち・親・その他）　3. ホームページ
4. 図書館で見て　5. LINE　6. Twitter　7. YouTube
8. その他（　　　　　　　　　　　　　　　）

♥この本を選んだ理由を教えてください。
1. 表紙が気に入って　2. タイトルが気に入って　3. あらすじがおもしろそうだった
4. 好きな作家だから　5. 人におすすめされて　6. 特典が欲しかったから
7. その他（　　　　　　　　　　　　　　　）

♥スマホを持っていますか？　1. はい　2. いいえ

♥本やまんがは1日のなかでいつ読みますか？
1. 朝読の時間　2. 学校の休み時間　3. 放課後や通学時間
4. 夜寝る前　5. 休日

♥最近おもしろかった本、まんが、テレビ番組、映画、ゲームを教えてください。

♥本についていたらうれしい特典があれば、教えてください。

♥最近、自分のまわりの友だちのなかで流行っているものを教えてね。
服のブランド、文房具など、なんでもOK！

♥学校生活の中で、興味関心のあること、悩み事があれば教えてください。

♥選んだ本の感想を教えてね。イラストもOKです！

ご協力、ありがとうございました！

あ……。

去《さ》り際《ぎわ》に見《み》えたのは、決意《けつい》を固《かた》めたような表情《ひょうじょう》をしている会長《かいちょう》さんの顔《かお》だった。

夜宮《よみや》くんに強引《ごういん》に手《て》を引《ひ》かれて、近《ちか》くの路地裏《ろじうら》に入《はい》った。

立《た》ち止《ど》まった夜宮《よみや》くんが、くるりと私《わたし》のほうに振《ふ》り返《かえ》って、そのまま抱《だ》きしめられる。

「心配《しんぱい》した」

かすれた声《こえ》が、耳《みみ》にかかる。

その声色《こわいろ》からして、本当《ほんとう》に心配《しんぱい》してくれたんだとわかった。

だけど、今《いま》は……。

「は、離《はな》してっ……」

夜宮《よみや》くんと向《む》き合《あ》うのが、怖《こわ》い……。

夜宮《よみや》くんから離《はな》れると、夜宮《よみや》くんはショックを受《う》けたようにこっちを見《み》ていた。

「なんで……？」

心配《しんぱい》した

え……？

「今朝《けさ》から……千結《ちゆ》、ずっと俺《おれ》から逃《に》げてる。なんで……？」

……そんな、泣《な》きそうな顔《かお》……。

唇《くちびる》をきゅっと噛《か》みしめた夜宮《よみや》くんが、もう一度《いちど》私《わたし》を抱《だ》きしめてくる。

だけど、さっきとは違《ちが》って、抱《だ》きしめる手《て》は震《ふる》えていた。

「俺《おれ》、何《なに》か怒《おこ》らせるようなことした……？」

「……」

「謝《あやま》る……俺《おれ》が悪《わる》かったから、理由《りゆう》、教《おし》えて」

夜宮《よみや》くん……。

「千結《ちゆ》、お願《ねが》い」

苦《くる》しそうな夜宮《よみや》くんの声《こえ》に、私《わたし》も泣《な》きたくなった。

「怒《おこ》ってる、わけじゃないよ」

「……え？」

「ただ……」

まだ、本当《ほんとう》のことを聞《き》くのは怖《こわ》い。

だけど……逃《に》げてても仕方《しかた》ないから。

向《む》き合《あ》わ、なきゃ……。

「昨日《きのう》、見《み》ちゃったの」

「見《み》ちゃったって何《なに》を？」

私《わたし》は決意《けつい》を固《かた》めて、口《くち》を開《ひら》いた。

「夜宮《よみや》くんと、薄氷《うすらい》さんが……血《ち》を……」

「薄氷《うすらい》……？　なんでここで、薄氷《うすらい》の名前《なまえ》が出《で》てくるんだ？」

意味《いみ》がわからないとでもいうかのような、夜宮《よみや》くんの声《こえ》。

「ていうか、薄氷《うすらい》が血《ち》？　……そういえば、あいつも生徒会室《せいとかいしつ》にいた気《き》がするけど……見《み》たってどういうこと？」

「昨日《きのう》、薄氷《うすらい》さんが夜宮《よみや》くんの血《ち》を吸《す》ってたでしょ……？」

「……え？　なんのこと……？」

私《わたし》から腕《うで》を離《はな》して、こっちを見《み》た夜宮《よみや》くん。

その顔《かお》は、ひどく困惑《こんわく》しているように見《み》えた。

焦《あせ》り【side 夜宮《よみや》】

『ごめん……今《いま》、夜宮《よみや》くんと話《はな》したくない』

今朝《けさ》そう言《い》われたとき、奈落《ならく》の底《そこ》に叩《たた》きつけられたような気分《きぶん》になった。

かわいくて仕方《しかた》なくて、なによりも大事《だいじ》に想《おも》っている恋人《こいびと》。

そんな相手《あいて》に拒否《きょひ》されて、どうしていいかわからなくなった。

俺《おれ》が何《なに》かしたのかと思《おも》ったけど、いくら考《かんが》えても心当《こころあ》たりがなにもない。

千結《ちゆ》に避《さ》けられていることに気《き》づいて、内心焦《ないしんあせ》りっぱなしだった。

なんとか話《はなし》をしようと思《おも》ったけど、休《やす》み時間《じかん》も文化祭《ぶんかさい》の準備中《じゅんびちゅう》もずっと避《さ》けられ続《つづ》けて、途方《とほう》にくれていた。


どうやって千結《ちゆ》と話《はな》そうか考《かんが》えながら、学祭委員《がくさいいいん》の仕事《しごと》をこなす。

「あのっ、夜宮様《よみやさま》」

「……」

「あたしとペア、組《く》んでくれませんかっ」

「……」

ブラッディカップルコンテスト……誰《だれ》だ、こんな余計《よけい》な企画《きかく》を作《つく》ったやつは……。

ひたすら無視《むし》をしながら仕事《しごと》をしていると、俺《おれ》の前《まえ》に薄氷《うすらい》が現《あらわ》れた。

「仕事中《しごとちゅう》なので、後《あと》にしてください」

「紗雪様《さゆきさま》がそう言《い》うなら……」

薄氷《うすらい》は副会長《ふくかいちょう》で権限《けんげん》もあるからか、月城《つきしろ》の生徒《せいと》が大人《おとな》しく立《た》ち去《さ》っていく。

こいつ……恩《おん》でも売《う》るつもりか……？

「……余計《よけい》なことしなくていい」

仕事《しごと》をしながら、薄氷《うすらい》に伝《つた》える。

「でも、困《こま》ってたから……」

「あんなの放《ほう》っておけばいいだろ」

無視《むし》すればそのうち諦《あきら》めるだろうし、薄氷《うすらい》に借《か》りを作《つく》りたくなかった。

「それより、月城《つきしろ》が渡《わた》してきたこの設計図《せっけいず》間違《まちが》ってる。一翠《いっすい》に修正《しゅうせい》しろって伝《つた》えて」

「え？　どれ……？」

間違《まちが》っているところを伝《つた》えているとき、ふと視線《しせん》を感《かん》じて顔《かお》をあげた。

えっ……千結《ちゆ》？

確《たし》かに、ぶつかった視線《しせん》。

千結《ちゆ》はあからさまに視線《しせん》をそらして、逃《に》げるように走《はし》っていった。

……っ、もしかして、なんか誤解《ごかい》されたか……？

「え？　朔《さく》？　どこに……」

俺《おれ》は仕事《しごと》を放《ほう》り出《だ》して、千結《ちゆ》を追《お》いかけた。

追《お》いかけた先《さき》にいたのは、一翠《いっすい》に手《て》を握《にぎ》られている千結《ちゆ》だった。

「ごめん、僕《ぼく》は千結《ちゆ》と組《く》むから」

は……？　こいつ……っ。

「おい、一翠《いっすい》！　何勝手《なにかって》に決《き》めてるんだよ！　そんなの許《ゆる》すわけないだろ」

「朔《さく》には関係《かんけい》ないだろう」

「は？」

「そうだよね、千結《ちゆ》」

同意《どうい》を求《もと》められて、困《こま》ったように視線《しせん》を伏《ふ》せた千結《ちゆ》。

それはまるで、無言《むごん》の肯定《こうてい》のように見《み》えた。

ふたりの間《あいだ》に、何《なに》かあったのか……？

「なら、朔《さく》は私《わたし》とペアになりましょう」

は……？

いつからいたのか、うしろから現《あらわ》れた薄氷《うすらい》が適当《てきとう》なことを言《い》っている。

「薄氷《うすらい》とペアになるわけないだろ、俺《おれ》は——」

「で、でます」

千結《ちゆ》……？

いや、なんで……。

「千結《ちゆ》、何言《なにい》って……」

「ふふっ、それじゃあ、僕《ぼく》と千結《ちゆ》がペア。朔《さく》と紗雪《さゆき》がペアってことで……当日《とうじつ》はよろしくね」

「は？　おい、さっきから勝手《かって》に……」

「もう決定事項《けっていじこう》だから。文句《もんく》があるなら朔《さく》は棄権《きけん》すればいいよ」

「なっ……」

「行《い》こ、千結《ちゆ》」

一翠《いっすい》は、千結《ちゆ》の手《て》を握《にぎ》って走《はし》り出《だ》した。

手《て》を握《にぎ》られたことに、かあっと頭《あたま》に血《ち》が昇《のぼ》るほど苛立《いらだ》つ。

ていうか、なんでふたりは親《した》しくなってるんだよ……。

一昨日《おととい》は初対面《しょたいめん》だっただろ……まさか、あの後会《あとあ》ったのか……？

『さっき、ここで迷《まよ》っている彼女《かのじょ》を見《み》つけたんだ。それで、僕《ぼく》が千結《ちゆ》に一目惚《ひとめぼ》れしたんだよ』

一翠《いっすい》のあの発言《はつげん》は……本気《ほんき》だったってことか……？

すぐに追《お》いかけようと思《おも》ったけど、一翠《いっすい》のファンが邪魔《じゃま》で通《とお》れない。

その隙《すき》に、逃《に》げ足《あし》が速《はや》い一翠《いっすい》に逃《に》げられてしまったけど、俺《おれ》はふたりが消《き》えた方向《ほうこう》へと急《いそ》いだ。

千結《ちゆ》は……俺《おれ》の恋人《こいびと》だ。


校内中《こうないじゅう》を探《さが》し回《まわ》ったけどふたりは見《み》つからず、千結《ちゆ》と一翠《いっすい》が学校《がっこう》から出《で》ていったという話《はなし》を聞《き》いて、今度《こんど》は街中《まちじゅう》を探《さが》しまわった。

ようやく見《み》つけて、千結《ちゆ》の手《て》を引《ひ》いて人気《ひとけ》のない場所《ばしょ》に移動《いどう》する。

「心配《しんぱい》した」

存在《そんざい》を確《たし》かめるように、千結《ちゆ》を抱《だ》きしめた。

「は、離《はな》してっ……」

力強《ちからづよ》く押《お》しのけられて、明確《めいかく》な拒絶《きょぜつ》を感《かん》じた。

千結《ちゆ》……。

もしかして、もう俺《おれ》のことが嫌《いや》になったとか……？

俺《おれ》と……別《わか》れたいとか、考《かんが》えてないよな……？

「なんで……？」

やばい……。

泣《な》き、そう……。

みっともないとわかっているから、下唇《したくちびる》を噛《か》みしめて涙《なみだ》があふれ出《で》そうになるのを堪《こら》えた。

「今朝《けさ》から……千結《ちゆ》、ずっと俺《おれ》から逃《に》げてる。なんで……？」

千結《ちゆ》が逃《に》げていかないように、もう一度《いちど》抱《だ》きしめる。

もっと強《つよ》く抱《だ》きしめないと、また離《はな》れていくかもしれない。

そう思《おも》うのに、情《なさ》けなく震《ふる》えている腕《うで》に、力《ちから》が入《はい》らない。

千結《ちゆ》に嫌《きら》われたかもしれないと思《おも》うと……どうしようもなく恐《おそ》ろしくなった。

「俺《おれ》、何《なに》か怒《おこ》らせるようなことした……？」

嫌《いや》だ……。

「謝《あやま》る……俺《おれ》が悪《わる》かったから、理由《りゆう》、教《おし》えて」

千結《ちゆ》がいないと、俺《おれ》はもう生《い》きていけない。

プライドなんか捨《す》てたっていい。土下座《どげざ》だってなんでもする。

これ以上嫌《いじょうきら》われないように、努力《どりょく》するから……。

「千結《ちゆ》、お願《ねが》い」

……俺《おれ》から、離《はな》れないで、くれ……。

「怒《おこ》ってる、わけじゃないよ」

千結《ちゆ》の言葉《ことば》に、驚《おどろ》いて顔《かお》をあげる。

「……え？」

怒《おこ》ってない……？

じゃあ、いったい、どうして……。

「ただ……昨日《きのう》、見《み》ちゃったの」

「見《み》ちゃったって、何《なに》を？」

「夜宮《よみや》くんと、薄氷《うすらい》さんが……血《ち》を……」

「薄氷《うすらい》……？　なんでここで、薄氷《うすらい》の名前《なまえ》が出《で》てくるんだ？」

話《はなし》が読《よ》めなくて、ますます頭《あたま》の中《なか》がこんがらがる。

「ていうか、薄氷《うすらい》が血《ち》？　……そういえば、あいつも生徒会室《せいとかいしつ》にいた気《き》がするけど……見《み》たってどういうこと？」

「昨日《きのう》、薄氷《うすらい》さんが夜宮《よみや》くんの血《ち》を吸《す》ってたでしょ……？」

「……え？　なんのこと……？」

薄氷《うすらい》が、俺《おれ》の血《ち》を……？

それは、全《まった》く身《み》に覚《おぼ》えがないことだった。

「ほんとに、わからないの……？」

泣《な》きそうな顔《かお》で俺《おれ》を見《み》ている千結《ちゆ》に、胸《むね》が痛《いた》む。

そんな顔《かお》をさせているのが自分《じぶん》だと思《おも》うと、自分自身《じぶんじしん》に腹《はら》が立《た》った。

でも……千結《ちゆ》が何《なに》を言《い》っているのか、俺《おれ》にはわからない。
ていうか、昨日《きのう》って……。
俺《おれ》は一翠《いっすい》に呼《よ》び出《だ》されて、月城《つきしろ》に行《い》ったときのことを思《おも》いだした。
【一翠《いっすい》：学祭《がくさい》について話《はなし》があるから、生徒会室《せいとかいしつ》に来《き》てほしい】
そのメッセージを受《う》けて、本当《ほんとう》は二度《にど》と来《き》たくなかった月城《つきしろ》にやってきた。
つーか、星《ほし》ノ宮《みや》の制服《せいふく》だと浮《う》く……早《はや》く行《い》くか。
嫌《いや》な視線《しせん》を感《かん》じながら、真《ま》っ直《す》ぐ生徒会室《せいとかいしつ》に向《む》かった。
生徒会室《せいとかいしつ》について中《なか》に入《はい》ると、そこには誰《だれ》もいなかった。
は？　あいつ、自分《じぶん》で呼《よ》び出《だ》しておいていないとか、どういう神経《しんけい》してるんだよ……。
『朔《さく》？』
誰《だれ》もいないと思《おも》っていたけど、給湯室《きゅうとうしつ》のところから顔《かお》を出《だ》した薄氷《うすらい》の姿《すがた》を見《み》つけた。
よりにもよって、薄氷《うすらい》か……。
生徒会《せいとかい》だから仕方《しかた》ないとはいえ、できるだけ会《あ》いたくない。
『どうしたの？　もしかして、会長《かいちょう》と約束《やくそく》？』

『……ああ。あいつは？』

『今少《いますこ》し出《で》て行《い》ってて……すぐに戻《もど》ってくると思《おも》うから、待《ま》ってて』

大人《おとな》しく近《ちか》くの席《せき》に座《すわ》って、一翠《いっすい》を待《ま》つ。

『はい、コーヒー』

『いらない』

『よかったら、飲《の》んで……もったいないから……』

そう言《い》ってから、薄氷《うすらい》は俺《おれ》の前《まえ》に座《すわ》った。

『……あの、昨日《きのう》の話《はなし》……』

薄氷《うすらい》の言葉《ことば》に、ため息《いき》を吐《は》きたくなった。

昨日《きのう》、学祭委員《がくさいいいん》として久《ひさ》しぶりに月城《つきしろ》に来《き》た時《とき》に、薄氷《うすらい》からもう一度《いちど》俺《おれ》の血《ち》が欲《ほ》しいと頼《たの》まれた。

その上《うえ》、またパートナーに戻《もど》りたいとまで。

もちろん断《ことわ》ったし、俺《おれ》は誰《だれ》にも血《ち》を吸《す》わせるつもりはない。

俺《おれ》はもう、全部《ぜんぶ》千結《ちゆ》のものだから。

『言《い》っただろ。俺《おれ》は血《ち》をあげるつもりも、パートナーに戻《もど》るつもりもない。お前《まえ》に報告《ほうこく》もせずに星《ほし》ノ宮《みや》に行《い》ったことは悪《わる》かったかもしれないけど、俺《おれ》たちはもともと関《かか》わりもなければ、挨拶《あいさつ》するような仲《なか》でもなかっただろ』

『……』

『お前《まえ》とはもう無関係《むかんけい》だ。関《かか》わらないでくれ』

言《い》い方《かた》がきつい自覚《じかく》はあるけど、下手《へた》に優《やさ》しくして勘違《かんちが》いさせるよりはマシだ。

俺《おれ》はもう、千結《ちゆ》以外《いがい》の血《ち》はいらない。

『……わかった』

薄氷《うすらい》はそう言《い》って、悲《かな》しそうに下《した》を向《む》いた。

ん……？

昨日《きのう》のことを振《ふ》り返《かえ》ろうとしたのに、そこからの記憶《きおく》がないことに気《き》づいた。

たしか、知《し》らない間《ま》に眠《ねむ》ってて……目《め》が覚《さ》めたら、生徒会室《せいとかいしつ》に一翠《いっすい》がいた。

そのあと学祭《がくさい》についての話《はなし》をして、家《いえ》に帰《かえ》って……。

「……っ、まさか……」

ハッとして、ようやくはめられたことに気《き》づいた。

「夜宮《よみや》くん……？」

「昨日《きのう》……薄氷《うすらい》が俺《おれ》の血《ち》を飲《の》んでるところを、見《み》たのか？」

確認《かくにん》のためにそう聞《き》くと、千結《ちゆ》は悲《かな》しそうに眉《まゆ》の端《はし》を下《さ》げて、こくりとうなずいた。

……っ、あいつ……。

全部《ぜんぶ》、辻褄《つじつま》があった。だから千結《ちゆ》は、俺《おれ》のことを避《さ》けてたのか……。

吸血《きゅうけつ》してるところを見《み》たら、浮気《うわき》を勘違《かんちが》いされて当然《とうぜん》だ。

「千結《ちゆ》はどうして、月城《つきしろ》の生徒会室《せいとかいしつ》にいたんだ？」

「え？　それは、一翠《いっすい》さんが……案内《あんない》してくれて……」

間違《まちが》いない。一翠《いっすい》と薄氷《うすらい》で手《て》を組《く》んで、俺《おれ》たちの関係《かんけい》を壊《こわ》そうとしたんだろう。

「生徒会室《せいとかいしつ》についた時《とき》、コーヒーをもらったんだ。その中《なか》に、睡眠薬《すいみんやく》が入《はい》ってたんだと思《おも》う。生徒会室《せいとかいしつ》で一翠《いっすい》を待《ま》ってたときの記憶《きおく》がないんだ」

「え……？」

とにかく千結《ちゆ》に信《しん》じてもらいたくて、潔白《けっぱく》を証明《しょうめい》する方法《ほうほう》を考《かんが》える。

「……そうだ、これ、一翠《いっすい》から来《き》たメッセージ」

呼《よ》び出《だ》されたメッセージを見《み》せると、千結《ちゆ》は驚《おどろ》いたように目《め》を見開《みひら》いた。

昨日《きのう》の出来事《できごと》を話《はな》した私《わたし》に、夜宮《よみや》くんは一《いち》から説明《せつめい》してくれた。

「生徒会室《せいとかいしつ》についた時《とき》、コーヒーをもらったんだ。その中《なか》に、睡眠薬《すいみんやく》が入《はい》ってたんだと思《おも》う。生徒会室《せいとかいしつ》で一翠《いっすい》を待《ま》ってたときの記憶《きおく》がないんだ」

「え……？」

「……そうだ、これ、一翠《いっすい》から来《き》たメッセージ」

夜宮《よみや》くんが見《み》せてくれたスマホの画面《がめん》には、会長《かいちょう》さんからのメッセージが映《うつ》っていた。

【一翠《いっすい》：学祭《がくさい》について話《はなし》があるから、生徒会室《せいとかいしつ》に来《き》てほしい】

え……？

これって……。

『だって……今日《きょう》、夜宮《よみや》くんと約束《やくそく》があるんですよね？』

『朔《さく》と約束《やくそく》なんてしてないよ？　約束《やくそく》があるって、朔《さく》が言《い》ってたの？』

『はい……会長《かいちょう》さんに呼《よ》び出《だ》されたって……』

『僕《ぼく》は連絡《れんらく》なんてしてないよ。どうしてそんな嘘《うそ》ついたんだろう……』

会長《かいちょう》さんが……嘘《うそ》をついてたってこと……？

「千結《ちゆ》が俺《おれ》を見《み》たとき、俺《おれ》はどんな状態《じょうたい》だった？」

そういえば……。

「目《め》をつむったまま、動《うご》いてなかったと思《おも》う……」

あのときは冷静《れいせい》じゃなくて、目《め》に映《うつ》ったものを信《しん》じてしまったけど……確《たし》かに今思《いまおも》えば、扉《とびら》が開《ひら》く音《おと》がしたのに、音《おと》に敏感《びんかん》な夜宮《よみや》くんが気《き》づかないはずない。

「多分《たぶん》、睡眠薬《すいみんやく》を飲《の》んで眠《ねむ》らされてたんだと思《おも》う……一翠《いっすい》はその光景《こうけい》を見《み》せるために、千結《ちゆ》を生徒会室《せいとかいしつ》につれて行《い》ったんだ」

夜宮《よみや》くんの言葉《ことば》に、衝撃《しょうげき》を受《う》けた。

会長《かいちょう》さんが……？

『今日《きょう》は千結《ちゆ》に会《あ》いに来《き》たんだけど……よかったら、一緒《いっしょ》に月城《つきしろ》に行《い》く？　こういうのは、早《はや》く誤解《ごかい》を解《と》いた方《かた》がいいと思《おも》うし……』

『ここが生徒会室《せいとかいしつ》だよ。多分《たぶん》、ここで話《はな》してるんじゃないかな……』

昨日《きのう》の、会長《かいちょう》さんの言葉《ことば》を思《おも》い出《だ》す。

確《たし》かに……夜宮《よみや》くんの言《い》っていることは、辻褄《つじつま》があっている。

なにより……このメッセージが、会長《かいちょう》さんが嘘《うそ》をついているという決定的《けっていてき》な証拠《しょうこ》だ。

つまり……私《わたし》は、会長《かいちょう》さんの策《さく》にかかって……夜宮《よみや》くんは、何《なに》も悪《わる》くなかったんだ……。

「俺《おれ》のこと……信《しん》じてくれないか……？」

不安《ふあん》げな夜宮《よみや》くんの瞳《ひとみ》と、視線《しせん》がぶつかる。

最低《さいてい》だ……。

会長《かいちょう》さんじゃない。……私《わたし》が。

私《わたし》は……夜宮《よみや》くんのこと、信《しん》じきれなかったんだ……。

会長《かいちょう》さんに嘘《うそ》をつかれたことよりも……自分《じぶん》が夜宮《よみや》くんを信《しん》じ切《き》れなかったことに、ショックを受《う》けた。

「ごめんなさい……私《わたし》、夜宮《よみや》くんのこと疑《うたが》って……」

泣《な》くのは卑怯《ひきょう》だってわかっているのに、自分《じぶん》が情《なさ》けなくて涙《なみだ》があふれてくる。

夜宮《よみや》くんはいつだって……私《わたし》のこと、大事《だいじ》にしてくれたのに……。

『俺《おれ》は千結《ちゆ》しか見《み》てないから』

『千結《ちゆ》だけが好《す》き』

『かわいい……愛《あい》してる』

私《わたし》はそんな人《ひと》を疑《うたが》って、夜宮《よみや》くんをだまそうとした会長《かいちょう》さんのことを信《しん》じてしまった……。

彼女《かのじょ》、失格《しっかく》だ……。

「ううん、そんな光景《こうけい》みたら誰《だれ》だって不安《ふあん》になって当然《とうぜん》だ。俺《おれ》の方《ほう》こそごめん」

「夜宮《よみや》くんは何《なに》も悪《わる》くない……」

怒《おこ》られて当然《とうぜん》のことをしたのに、夜宮《よみや》くんはいっさい私《わたし》を責《せ》めるようなことを言《い》わない。

それどころか、私《わたし》が自分《じぶん》を責《せ》めないように、気《き》づかってくれているのが痛《いた》いくらいわかった。

「いや……一翠《いっすい》の性格《せいかく》を知《し》ってて、こうなることを予想《よそう》できなかった俺《おれ》の責任《せきにん》だ」

だまされることを、予想《よそう》できるわけないのに……。

夜宮《よみや》くんの優《やさ》しさに、ますます申《もう》し訳《わけ》なくなる。

こんなにも優《やさ》しい人《ひと》が、裏切《うらぎ》るわけなかったのに……。

「本当《ほんとう》にごめんなさい……」

勝手《かって》に裏切《うらぎ》られたと思《おも》って、傷《きず》ついて、避《さ》けて……最低《さいてい》……っ……。

自分《じぶん》が嫌《いや》になりそうで、無意識《むいしき》に視線《しせん》が下《さ》がっていく。

すると、ふわりと優《やさ》しく抱《だ》きしめられた。

「千結《ちゆ》、謝《あやま》らないで。それに……血《ち》を吸《す》われてたのは、事実《じじつ》みたいだし」

私《わたし》の首《くび》に手《て》を置《お》いて、そっと自分《じぶん》のほうに預《あず》けた夜宮《よみや》くん。

「不安《ふあん》にさせてごめん……辛《つら》かったよな」

辛《つら》いのは……疑《うたが》われた夜宮《よみや》くんのほうなのに……。

「俺《おれ》はこの先《さき》も千結《ちゆ》の血《ち》しか飲《の》まないし、俺《おれ》も……これからは誰《だれ》にも血《ち》を吸《す》わせないから」

頭《あたま》を撫《な》でながら、ぎゅっと抱《だ》きしめてくれる夜宮《よみや》くんに、ますます涙《なみだ》が止《と》まらなくなった。

「俺《おれ》は全部《ぜんぶ》千結《ちゆ》の。千結《ちゆ》のこと、絶対《ぜったい》に裏切《うらぎ》らないって約束《やくそく》する」

本当《ほんとう》に、ごめんなさい……。

何度《なんど》でも謝《あやま》りたかったけど、謝《あやま》っても夜宮《よみや》くんはきっと、慰《なぐさ》めようとしてくれる。

だから、ごめんなさいじゃなくて……。

「私《わたし》も……」

「ん？」

「夜宮《よみや》くんのこと疑《うたが》わないって、約束《やくそく》する……」

抱《だ》きしめる手《て》に力《ちから》を込《こ》めた。

これからは、ほかの人《ひと》の言葉《ことば》に惑《まど》わされたりしない。

夜宮《よみや》くんの言葉《ことば》だけを信《しん》じる。

「俺《おれ》が疑《うたが》われるような行動《こうどう》したら、そのときはちゃんと言《い》って。誤解《ごかい》だって伝《つた》えるから」

私《わたし》の頭《あたま》を撫《な》でたまま、そう言《い》ってくれた夜宮《よみや》くん。

「よかった……」

「え？」

溢《あふ》れた本音《ほんね》に、夜宮《よみや》くんが首《くび》をかしげた。

信《しん》じきれなかったことは、本当《ほんとう》にすごく申《もう》し訳《わけ》ないけど……誤解《ごかい》だってわかって、本当《ほんとう》に安心《あんしん》した……。

「夜宮《よみや》くんは薄氷《うすらい》さんを好《す》きになったのかもしれないって思《おも》ってたから……」

振《ふ》られちゃうんじゃないかって、すごく怖《こわ》かったんだ……。

夜宮《よみや》くんは、抱《だ》きしめる腕《うで》を解《ほど》いた。

空《あ》いた手《て》がそっと、私《わたし》の両頬《りょうほほ》に重《かさ》なる。

「俺《おれ》が千結《ちゆ》以外《いがい》を好《す》きになるわけないだろ」

夜宮《よみや》くん……。

「ほんとは、早《はや》く話《はな》さなきゃって思《おも》ってたけど……別《わか》れ話《ばなし》になるのが怖《こわ》くて、言《い》い出《だ》せなかったの……」

「それで俺《おれ》のこと避《さ》けてたの？」

「夜宮《よみや》くんのこと大好《だいす》きだから……心《こころ》の準備《じゅんび》が、できなくて……」

思《おも》い出《だ》すだけで、胸《むね》が苦《くる》しくなる。

今回《こんかい》みたいなことはもう起《お》こってほしくないけど……この一件《いっけん》で改《あらた》めて自分《じぶん》がどれだけ夜宮《よみや》くんのことが好《す》きなのか、再確認《さいかくにん》できた。

「……かわいい」

うぬぼれかもしれないけど、愛《いと》おしそうに見《み》つめられて、照《て》れくさくなった。

「そんな準備《じゅんび》する必要《ひつよう》ないし、俺《おれ》が別《わか》れようなんていう日《ひ》は絶対《ぜったい》こないから。だから、安心《あんしん》して」

言葉《ことば》で言《い》われると……こんなに安心《あんしん》するんだな……。

思《おも》っていることを口《くち》にするって、すごく大事《だいじ》なのかもしれない。

だったら、私《わたし》も……。

「大好《だいす》き……」

ちゃんと、伝《つた》えなきゃ。

「……」

「夜宮《よみや》くん？」

どうして固《かた》まっちゃったの……？

心配《しんぱい》して見《み》つめていると、突然《とつぜん》がばっと動《うご》きだした夜宮《よみや》くん。

勢《いきお》いよく抱《だ》きしめられて、「わっ」と声《こえ》が出《で》た。

「いや……急《きゅう》なかわいい攻撃《こうげき》に、やられてる……」

か、かわいい攻撃《こうげき》？　何《なに》を言《い》ってるんだろう……。

「はぁ……よかった……」

噛《か》みしめるようにため息《いき》をついた夜宮《よみや》くんは、苦《くる》しいくらい抱《だ》きしめてくる。

「俺《おれ》のほうこそ、もしかしたら千結《ちゆ》に愛想《あいそ》つかされたかもって焦《あせ》ってたから」

私《わたし》だけじゃなかったんだ……。

「不安《ふあん》にさせたくないから、言《い》ってなかったけど……薄氷《うすらい》のこと、千結《ちゆ》にちゃんと話《はな》しておく」

え……？

「おととい久《ひさ》しぶりに会《あ》ったときに、俺《おれ》の血《ち》が忘《わす》れられないからもう一度《いちど》パートナーになってほしいって言《い》われたんだ。でも、ちゃんと断《ことわ》った。俺《おれ》には千結《ちゆ》がいるから」

あ……。薄氷《うすらい》さんが言《い》ってたさっきの話《はなし》っていうのは、そのことだったんだ……。

ずっと何《なに》を話《はな》したのか気《き》になっていたから、言《い》ってもらえてほっとした。

「これからも、薄氷《うすらい》とパートナーに戻《もど》ることはないし、あいつとは本当《ほんとう》に何《なに》もない。だから、心配《しんぱい》しないで」

「うん」

ちゃんと……夜宮《よみや》くんの言葉《ことば》を信《しん》じる。

私《わたし》はもう、大好《だいす》きな人《ひと》のことだけを、信《しん》じるんだ。

――プルルル、プルルル。

「あれ……？」

スマホが鳴《な》って、慌《あわ》てて取《と》り出《だ》した。

「あっ、凛《りん》ちゃんからだ……」

「そういえば、あいつらも心配《しんぱい》してた」

もしかしたら、急《きゅう》にいなくなったから探《さが》してくれてるのかな……？

そういえば、もうすぐ授業《じゅぎょう》も終《お》わっちゃう……！

すっかり忘《わす》れていたけど、自分《じぶん》が文化祭《ぶんかさい》の準備《じゅんび》を抜《ぬ》け出《だ》してきたことを思《おも》い出《だ》した。

「戻《もど》りたくないけど……騒《さわ》ぎになる前《まえ》に、学校《がっこう》戻《もど》ろっか」

「うん……！」

差《さ》し出《だ》された手《て》を握《にぎ》ると、指《ゆび》をからめてくる夜宮《よみや》くん。こ、恋人《こいびと》つなぎっ……？

は、恥《は》ずかしい……けど……幸《しあわ》せ……。

さっきまでの不安《ふあん》な気持《きも》ちはもう、私《わたし》の中《なか》には残《のこ》っていなかった。

夜宮《よみや》くんの手《て》を握《にぎ》り返《かえ》して、幸《しあわ》せな気持《きも》ちでふたりで歩《ある》いた。

宣言《せんげん》

学校《がっこう》に戻《もど》ると、もう片付《かたづ》けが始《はじ》まっていた。

凛《りん》ちゃんに心配《しんぱい》かけちゃったし、謝《あやま》らなきゃ……。

「千結《ちゆ》」

え……？

凛《りん》ちゃんを探《さが》そうと、きょろきょろあたりを見渡《みわた》していた時《とき》、聞《き》き慣《な》れた声《こえ》に名前《なまえ》を呼《よ》ばれる。

「会長《かいちょう》さん……」

振《ふ》り返《かえ》ると、そこには会長《かいちょう》さんがいた。その隣《となり》には、薄氷《うすらい》さんの姿《すがた》も。

「……仲直《なかなお》りしたんだね」

あ……。

繋《つな》いでいる手《て》を見《み》て、ふっと感情《かんじょう》の読《よ》めない笑《え》みをこぼした会長《かいちょう》さん。

夜宮《よみや》くんは、鋭《するど》い目《め》で会長《かいちょう》さんと薄氷《うすらい》さんをにらんでいた。

「お前《まえ》たち、グルだったのか？」

ごくりと、息《いき》を飲《の》む。

「……」

会長《かいちょう》さんは何《なに》も言《い》わず、じっとこっちを見《み》ている。

「昨日《きのう》俺《おれ》に出《だ》したコーヒーに、睡眠薬《すいみんやく》入《い》れてただろ」

「……ごめん、なさい……」

申《もう》し訳《わけ》なさそうに、視線《しせん》を下《さ》げた薄氷《うすらい》さん。

「お前《まえ》、そんな卑怯《ひきょう》な真似《まね》するやつだったんだな」

「……」

「首筋《くびすじ》から飲《の》むとか……パートナーのときでもしたことなかっただろ。まあ……指示《しじ》したのは、一翠《いっすい》だろうけど」

ずっと黙《だま》っていた会長《かいちょう》さんが、ゆっくりと口《くち》を開《ひら》いた。

「ああ、そうだよ」

夜宮《よみや》くんの言葉《ことば》を信《しん》じたから、わかってはいたけど……全部《ぜんぶ》会長《かいちょう》さんの計画《けいかく》だったんだ……。

改《あらた》めて聞《き》くと、悲《かな》しい……。

「会長《かいちょう》さん……私《わたし》のこと、だましたんですか……？」

「……ごめん」

「……」

そっか……。

「僕《ぼく》のこと……嫌《きら》いになった？　怒《おこ》ってる……？」

そういえば……どうして会長《かいちょう》さんは、私《わたし》たちをだまそうとしたんだろう……？

「いえ……怒《おこ》ってません」

ショックだけど、会長《かいちょう》さんを責《せ》めるつもりはない。

「簡単《かんたん》にだまされた私《わたし》にも……責任《せきにん》はありますから……」

そういうと、会長《かいちょう》さんは一瞬《いっしゅん》顔《かお》をゆがめた。……ような気《き》がした。

「どうして、君《きみ》は……」

「……え？」

「……あの時《とき》は、本当《ほんとう》に軽《かる》い冗談《じょうだん》のつもりだったんだ。でも……千結《ちゆ》を傷《きず》つけたこと、心《こころ》から謝罪《しゃざい》する」

軽《かる》い冗談《じょうだん》……。

「何《なに》が冗談《じょうだん》だ。お前《まえ》、俺《おれ》のことを陥《おとしい》れたかっただけだろ」

私《わたし》と同《おな》じように、夜宮《よみや》くんも「冗談《じょうだん》」っていう言葉《ことば》に引《ひ》っかかったみたいだった。

仲直《なかなお》りできたからよかったけど……私《わたし》たちの関係《かんけい》は、壊《こわ》れそうになっていたんだ。

それを軽《かる》い冗談《じょうだん》って言葉《ことば》で済《す》まされるのは……あまりにも悲《かな》しい。

「昔《むかし》から、やけにつっかかってくるなとは思《おも》ってたんだ。千結《ちゆ》に近《ちか》づいたのも、俺《おれ》から奪《うば》いたかったから——」

「違《ちが》う……！」

会長《かいちょう》さんは、聞《き》いたことのないような大《おお》きな声《こえ》で否定《ひてい》した。

「最初《さいしょ》はそうだった……羨《うらや》ましかったんだ」

悔《くや》しそうに、下唇《したくちびる》を噛《か》んだ会長《かいちょう》さん。

「昔《むかし》から、朔《さく》のことが気《き》に入《い》らなかった。人間《にんげん》との混血《こんけつ》のくせに、ここまでできるやつがいるなんてって……」

夜宮《よみや》くんは会長《かいちょう》さんをにらみつけているけど、ちゃんと話《はなし》に耳《みみ》を傾《かたむ》けている。

「吸血鬼《きゅうけつき》にも人間《にんげん》にも慕《した》われてて、すごい奴《やつ》だってわかってるからこそ、何《なに》に関《かん》しても負《ま》けたくなかった」

会長《かいちょう》さんにも……いろんな葛藤《かっとう》があったのかな。

さっきの、会長《かいちょう》さんの悲《かな》しい発言《はつげん》を思《おも》い出《だ》す。

だまされて当然《とうぜん》みたいな言《い》い方《かた》をしていたし……恐《おそ》ろしい環境《かんきょう》で育《そだ》ったんだと思《おも》う。

吸血鬼《きゅうけつき》には……私《わたし》たち人間《にんかん》にはわからない事情《じじょう》が、たくさんあるんだろうな。

「でも……今《いま》は違《ちが》う」

会長《かいちょう》さんが、まっすぐ私《わたし》のほうを見《み》た。

「僕《ぼく》は本当《ほんとう》に、千結《ちゆ》を好《す》きになってしまったんだ」

え……？

「この気持《きも》ちだけは信《しん》じてほしい」

さっきの言葉《ことば》……本気《ほんき》だったの……？

「ブラッディカップルコンテストで優勝《ゆうしょう》したら……僕《ぼく》の恋人《こいびと》になって」

「え？」

「は？」

会長《かいちょう》さんの言葉《ことば》に、私《わたし》と夜宮《よみや》くんの声《こえ》が重《かさ》なった。

優勝《ゆうしょう》したら……か、会長《かいちょう》さんの恋人《こいびと》に？

ま、また冗談《じょうだん》……？

「無理《むり》に決《き》まってるだろ。お前《まえ》、いい加減《かげん》に……」

「僕《ぼく》も無理《むり》だ」

真剣《しんけん》な表情《ひょうじょう》を見《み》て、今度《こんど》は冗談《じょうだん》じゃないと気《き》づいた。

「もうエントリーしたから、今《いま》さら取《と》り消《け》しはできないって言《い》ったでしょ。僕《ぼく》の優勝《ゆうしょう》を阻止《そし》したいなら……朔《さく》も参加《さんか》しなよ」

「ちなみに、朔《さく》ももうエントリーしてる。私《わたし》と」

ずっとだまっていた薄氷《うすらい》さんが、さらっと衝撃《しょうげき》の発言《はつげん》をした。

よ、夜宮《よみや》くんと薄氷《うすらい》さんも、エントリー済《ず》みなんて……。

「お前《まえ》ら……」

「優勝《ゆうしょう》できなかったら、そのときは潔《いさぎよ》く諦《あきら》めるよ」

いくらエントリーの取《と》り消《け》しはできないからって、優勝《ゆうしょう》したら会長《かいちょう》さんの恋人《こいびと》になるなんてあんまりだっ……。

それに、私《わたし》と夜宮《よみや》くんにメリットはひとつも……。

「……なら、金輪際《こんりんざい》、千結《ちゆ》に近《ちか》づかないって約束《やくそく》するか？」

そう思《おも》ったけど、私《わたし》よりも先《さき》に夜宮《よみや》くんが口《くち》を開《ひら》いた。

「……わかった」

会長《かいちょう》さんが、こくりと首《くび》を縦《たて》に振《ふ》る。

夜宮《よみや》くん……ほ、本気《ほんき》……？

「千結《ちゆ》、行《い》こう」

夜宮《よみや》くんに手《て》を握《にぎ》られて、校舎《こうしゃ》のほうに連《つ》れ出《だ》された。

「よ、夜宮《よみや》くん、ほんとに参加《さんか》するのっ……？」

「一翠《いっすい》を諦《あきら》めさせるには、ああするしかないと思《おも》って」

本意《ほんい》ではないのか、頭《あたま》を押《お》さえてため息《いき》をついた夜宮《よみや》くん。

「でも、安心《あんしん》して。絶対《ぜったい》に、優勝《ゆうしょう》させないから」

その目《め》には決意《けつい》が滲《にじ》んでいて、夜宮《よみや》くんも本気《ほんき》なんだとわかった。

「俺《おれ》のこと信《しん》じて」

夜宮《よみや》くん……。

「うん……わかった」

さっき、これからは夜宮《よみや》くんのことだけを信《しん》じるって決《き》めたんだ。

ブラッディカップルコンテストがどんなものなのかはわからないけど……夜宮《よみや》くんなら、きっと大丈夫《だいじょうぶ》。

私《わたし》の返事《へんじ》に、夜宮《よみや》くんは嬉《うれ》しそうに微笑《ほほえ》んだ。

「千結《ちゆ》のことは、誰《だれ》にも渡《わた》さないから」

千結争奪戦《ちゆそうだつせん》!!

「月城学園《つきしろがくえん》、星《ほし》ノ宮学園《みやがくえん》の合同学園祭《ごうどうがくえんさい》、開催《かいさい》します！」

司会進行《しかいしんこう》の生徒《せいと》の声《こえ》に、大《おお》きな歓声《かんせい》があがる。

ついにやってきた、学園祭当日《がくえんさいとうじつ》。

「始《はじ》まったね」

「う、うん……！」

陽葵《ひまり》ちゃんに返事《へんじ》をすると、バシッと背中《せなか》を叩《たた》かれた。

「午前《ごぜん》は店番《みせばん》、午後《ごご》はブラッディカップルコンテスト、がんばってね！」

う……ひ、陽葵《ひまり》ちゃん、ちょっと楽《たの》しんでないかな……？

午前中《ごぜんちゅう》はカフェのホール担当《たんとう》で、午後《ごご》は……会長《かいちょう》さんと約束《やくそく》した、ブラッディカップルコンテストがあった。

緊張《きんちょう》する……。

あの日以来《ひいらい》、会長《かいちょう》さんとは話《はな》していない。

いらっしゃいませ
ヴァンパイアの世界《せかい》へようこそ
衣装《いしょう》かわいい〜
店内《てんない》のクオリティ高《たか》っ
服《ふく》どこで買《か》ったんですかー？
手作《てづく》りです
すごーい

生徒会長《せいとかいちょう》として学園祭《がくえんさい》の準備《じゅんび》に引《ひ》っ張《ぱ》りだこだったらしく、走《はし》り回《まわ》っている姿《すがた》を遠《とお》目《め》から見《み》ていた。

夜宮《よみや》くんも学祭委員《がくさいいいん》だから毎日忙《まいにちいそが》しそうにしていて、最近《さいきん》はふたりきりになる時間《じかん》も少《すく》ない。

学園祭《がくえんさい》もコンテストも無事《ぶじ》に終《お》わったら……夜宮《よみや》くんとゆっくり過《す》ごしたいな……。

今《いま》は、学園祭《がくえんさい》を乗《の》り切《き》ることだけに集中《しゅうちゅう》しよう……！

あ……お客《きゃく》さんだっ……。

教室《きょうしつ》に入《はい》ってきたお客《きゃく》さんを、笑顔《えがお》でお出迎《でむか》えする。

「いらっしゃいませ、ヴァンパイアの世界《せかい》へようこそ」

私《わたし》のクラスの出《だ》し物《もの》は、ヴァンパイアカフェ。

「衣装《いしょう》かわいい～」

「店内《てんない》のクオリティ高《たか》っ」

楽《たの》しそうなお客《きゃく》さんを見《み》て、私《わたし》までうれしくなった。

「服《ふく》どこで買《か》ったんですかー？」

「手作《てづく》りです」

「すごーい」

一生懸命《いっしょうけんめい》準備《じゅんび》してよかったっ……。


順調《じゅんちょう》にカフェを運営《うんえい》していたとき、突然廊下《とつぜんろうか》のほうが騒《さわ》がしくなった。

「きゃー！　かっこいい……！」

「本物《ほんもの》の吸血鬼《きゅうけつき》じゃない……!?」

あれ……？

不思議《ふしぎ》に思《おも》ってドアのところを見《み》ると、現《あらわ》れたのは実行委員《じっこういいん》のマークをつけた夜宮《よみや》くんだった。

「千結《ちゆ》、おつかれさま」

「夜宮《よみや》くん……！　おつかれさま！」

「調子《ちょうし》はどう？」

「たくさんお客《きゃく》さんも来《き》てくれてるし、ホールもキッチンも問題《もんだい》なく回《まわ》せてるよ！」

私《わたし》の報告《ほうこく》に、「よかった」と安心《あんしん》したように笑《わら》った夜宮《よみや》くん。

「問題《もんだい》はなさそうかな」

え……？

会長《かいちょう》さん……？

「あ……えっと……はい、大丈夫《だいじょうぶ》です」

「そんなに警戒《けいかい》しないで。今《いま》、朔《さく》と一緒《いっしょ》に見回《みまわ》り中《ちゅう》なんだ」

そっか……ふたりで見回《みまわ》りしてたんだ……。

「ひとりでいいって言《い》ってるだろ。ちっ……とっととほかの教室《きょうしつ》に行《い》け」

「ははっ、すっかり嫌《きら》われちゃったね」

会長《かいちょう》さんの笑顔《えがお》は相変《あいか》わらず、何《なに》を考《かんが》えているのか読《よ》めない笑顔《えがお》だけど……どこかふっきれたような表情《ひょうじょう》にも見《み》えた。

「かわいいね、千結《ちゆ》」

「えっ……」

「その衣装《いしょう》、とても似合《にあ》ってる」

「あ、ありがとうございます……」

き、気《き》まずい……。

「おい、見《み》るな」

「見《み》るのもダメなの？　束縛《そくばく》は嫌《きら》われるよ」

「うるせー。お前《まえ》には関係《かんけい》ない」

ばちばちと火花《ひばな》を散《ち》らしているふたりを見《み》て、おろおろしてしまう。

「千結《ちゆ》、助《たす》けてくれ……！」

わっ……！　が、ガオくんっ……！

「ど、どうしたの？」

「写真撮《しゃしんと》ってくれとか、連絡先聞《れんらくさきき》かれたりとか、ここに来《く》る客《きゃく》しつこいんだ……！」

ガオくんの後《うし》ろを見《み》ると、目《め》をハートにしている女《おんな》の子《こ》たちがいた。

「ヴァンパイアカフェなのに狼男《おおかみおとこ》？」

「わからないけど、かっこいい～！」

「お兄《にい》さんこっちの席《せき》に来《き》て～！」

こ、これは、ガオくんがおびえるのも仕方《しかた》ないかも……あはは……。

「がんばって接客《せっきゃく》できそう？」

「無理《むり》……匂《にお》いもきついし、気分悪《きぶんわる》くなってきた……」

私《わたし》にしがみついて、かわいそうになるくらいプルプル震《ふる》えているガオくん。

「おい、千結《ちゆ》から離《はな》れろ」

さっきまで会長《かいちょう》さんとにらみ合《あ》っていた夜宮《よみや》くんが、ガオくんの首根《くびね》っこをつかんだ。

「離《はな》せ……！」

「お前《まえ》、何回《なんかい》言《い》っても学習《がくしゅう》しないな……千結《ちゆ》は俺《おれ》の恋人《こいびと》だ」

「朔《さく》、その男《おとこ》は誰《だれ》？」

言《い》い合《あ》っているふたりを傍観《ぼうかん》している会長《かいちょう》が、にこっと微笑《ほほえ》んだ。

ただ、なぜか目《め》が笑《わら》っていないように見《み》える。

「は？　……お前《まえ》こそ誰《だれ》だ。つーか……嫌《いや》な匂《にお》いがする……」

会長《かいちょう》さんを見《み》て、ガオくんが顔《かお》をしかめた。

そういえば……ガオくんと会長《かいちょう》さんは初対面《しょたいめん》なんだっ……。

ガオくんは、体調《たいちょう》が悪《わる》くて一週間《いっしゅうかん》くらい休《やす》んでいたし、面識《めんしき》もないと思《おも》う。

お互《たが》いのことを敵視《てきし》するようににらみ合《あ》っているふたりを見《み》て、またおろおろしてしまう。

「僕《ぼく》は千結《ちゆ》の恋人候補《こいびとこうほ》だよ」

か、会長《かいちょう》さん、何言《なにい》ってて っ……。

「ちっ……俺《おれ》が休《やす》んでた間《あいだ》に、なんでライバルが増《ふ》えてるんだよ」

「勝手《かって》にライバルカウントするな。お前《まえ》たちは全員当《ぜんいんあ》て馬《うま》だ」

「ふたりとも品《ひん》がないね」

ばちばちと火花《ひばな》を散《ち》らしている夜宮《よみや》くんとガオくんと会長《かいちょう》さん。

私《わたし》はひとりどうすればいいかわからず、三人《さんにん》を見守《みまも》ることしかできなかった。

「ねえ、あれ何《なに》？」

「ケンカ？」

「三人《さんにん》ともかっこいい〜！」

な、なんだか騒《さわ》ぎになってるっ……。

「千結《ちゆ》、店番戻《みせばんもど》ろう。お前《まえ》たちも、仕事《しごと》に戻《もど》れ」

ガオくんが、私《わたし》の背中《せなか》を押《お》した。

「おい、触《さわ》るな」

「……千結《ちゆ》、またあとでね」

「えっと……は、はい。夜宮《よみや》くんも、実行委員《じっこういいん》がんばってね……！」

不満《ふまん》そうにしながらも、教室《きょうしつ》から出《で》ていった夜宮《よみや》くんと会長《かいちょう》さん。

ひ、ひとまず、騒《さわ》ぎがおさまってよかったっ……。

よし……残《のこ》りの店番《みせばん》もがんばるぞ……！

開幕《かいまく》

「ブラッディカップルコンテストの開幕《かいまく》です！」

ついに始《はじ》まってしまった……。

ステージの上《うえ》に、参加《さんか》ペアたちがずらりと並《なら》んでいる。二人組《ふたりぐみ》で隣同士《となりどうし》に座《すわ》りながら、手《て》を繋《つな》いでいるペアもいた。

会長《かいちょう》さんと私《わたし》の隣《となり》には、夜宮《よみや》くんと薄氷《うすらい》さんのペアが座《すわ》っている。

緊張《きんちょう》してきたな……。

「千結《ちゆ》」

深呼吸《しんこきゅう》をしていると、会長《かいちょう》さんに声《こえ》をかけられた。

会長《かいちょう》さんを見《み》ると、申《もう》し訳《わけ》なさそうな瞳《ひとみ》と視線《しせん》がぶつかる。

「本当《ほんとう》に……この前《まえ》はごめんね」

え……？

「あれ以来《いらい》、話《はな》せる機会《きかい》がなかったから……改《あらた》めて謝《あやま》らせてほしい」

それって……嘘《うそ》をついたことについてかな……。

会長《かいちょう》さんの表情《ひょうじょう》や声色《こわいろ》から、本当《ほんとう》に反省《はんせい》してくれていることは伝《つた》わってきた。

私《わたし》もこれ以上《いじょう》責《せ》めるつもりはないし、会長《かいちょう》さんを恨《うら》んでもいない。

むしろ、夜宮《よみや》くんの気持《きも》ちに改《あらた》めて気《き》づかせてくれたことに感謝《かんしゃ》しているし、今回《こんかい》の件《けん》があってより一層《いっそう》、絆《きずな》が深《ふか》まったと思《おも》う。

「私《わたし》も……」

伝《つた》えておかなきゃ……。

「この前《まえ》はちゃんと言《い》えなかったんですけど……私《わたし》は、夜宮《よみや》くんが好《す》きです」

「……」

「だから、会長《かいちょう》さんのことは……」

「今《いま》は、わかってる」

会長《かいちょう》さんが、私《わたし》の言葉《ことば》をさえぎるように口《くち》を開《ひら》いた。

最後《さいご》まで言《い》わせてもらえなかった言葉《ことば》が、喉《のど》の奥《おく》でつっかえる。

「だから……このコンテストで、絶対《ぜったい》に優勝《ゆうしょう》するよ」

今《いま》さらだけど……会長《かいちょう》さんは、心配《しんぱい》してないのかな……？

「私《わたし》が、わざと負《ま》けるように仕向《しむ》けるとは思《おも》わないんですか？」

このコンテストはペアの絆《きずな》を試《ため》されるコンテストだから、私《わたし》が足《あし》を引《ひ》っ張《ぱ》れば負《ま》けは確定《かくてい》だ。

言《い》ってしまえば、私《わたし》は簡単《かんたん》に会長《かいちょう》さんの優勝《ゆうしょう》を阻止《そし》できる。

「千結《ちゆ》はそんなことしないよ」

当《あ》たり前《まえ》みたいにそう言《い》って、微笑《ほほえ》んだ会長《かいちょう》さん。

「だました僕《ぼく》のことも責《せ》めなかった。僕《ぼく》が好《す》きになった女《おんな》の子《こ》は、お人好《ひとよ》しで、人《ひと》をだますなんてこと、考《かんが》えつきもしない子《こ》だから」

私《わたし》は……そんなにいい人《ひと》じゃないんだけどな……。

今《いま》も正直《しょうじき》、自分《じぶん》がどう立《た》ち回《まわ》ったらいいのかわかっていないから。

確《たし》かにわざと負《ま》けたりするのは、会長《かいちょう》さんにもがんばってくれる夜宮《よみや》くんにも失礼《しつれい》だと思《おも》うけど……会長《かいちょう》さんと付《つ》き合《あ》うことは、絶対《ぜったい》にできない。

「おい、千結《ちゆ》に馴《な》れ馴《な》れしくするな」

隣《となり》の席《せき》から、夜宮《よみや》くんが会長《かいちょう》さんを睨《にら》んだ。

「ペアだからね」

わっ……。

会長《かいちょう》さんに肩《かた》を抱《だ》かれて、ふらりと体重《たいじゅう》がかたむく。

寄《よ》りかかるような体勢《たいせい》になってしまって、恥《は》ずかしくてかあああっと顔《かお》が熱《あつ》くなった。

「お前《まえ》……」

ぎりぎりと歯《は》をくいしばっている夜宮《よみや》くん。私《わたし》は慌《あわ》てて会長《かいちょう》さんから離《はな》れた。

「絶対《ぜったい》に負《ま》かす……」

「僕《ぼく》のセリフだよ」

始《はじ》まる前《まえ》からバチバチと火花《ひばな》を散《ち》らしあっているふたり。

「…………」

あ……薄氷《うすらい》さん、私《わたし》を見《み》てる……。

そういえば、薄氷《うすらい》さんも夜宮《よみや》くんの優勝《ゆうしょう》を阻止《そし》することができるんだ……。

薄氷《うすらい》さんの協力《きょうりょく》がなければ、夜宮《よみや》くんは優勝《ゆうしょう》できないから。

でも……なぜか、薄氷《うすらい》さんがそんなことをするような人《ひと》には見《み》えない。

彼女《かのじょ》の目《め》が、どうしても悪《わる》い人《ひと》には見《み》えなかった。

「最初《さいしょ》のステージは早押《はやお》しピンポン対決《たいけつ》～!!」

ピ ポーン
彼女《かのじょ》さんの特技《とくぎ》はなんでしょーか？
料理《りょうり》!!
感情《かんじょう》に合《あ》わせて髪《かみ》を動《うご》かすこと!!
夜宮《よみや》正解《せいかい》！
ドヤッ
料理
チッ
でもペアが違《ちが》います
失格！
第《だい》2問《もん》今度《こんど》は彼女《かのじょ》さんへの質問《しつもん》です

は、始《はじ》まったっ……。

「参加者《さんかしゃ》のみなさんにはペアの相手《あいて》に関《かん》するクイズを出《だ》しますので、早押《はやお》しでお答《こた》えください」

相手《あいて》に関《かん》するクイズ……？

私《わたし》、会長《かいちょう》さんのこと何《なに》も知《し》らないっ……。

「では第一問《だいいちもん》！　彼氏《かれし》さんへの質問《しつもん》です」

彼氏《かれし》さんって言《い》い方《かた》が気《き》になるけど……会長《かいちょう》さんが答《こた》える側《がわ》ってことだよね。

「彼女《かのじょ》さんの特技《とくぎ》はなんでしょーか？」

——ピンポーン！

「料理《りょうり》!!」

「感情《かんじょう》に合《あ》わせて髪《かみ》を動《うご》かすこと!!」

夜宮《よみや》くんと会長《かいちょう》さんが、同時《どうじ》にボタンを押《お》して答《こた》えた。

えっと……。

私《わたし》はパネルをめくり、答《こた》えを表示《ひょうじ》する。

私《わたし》が書《か》いたのは「料理《りょうり》」の二文字《ふたもじ》だった。

薄氷《うすらい》さんのパネルには、「勉強《べんきょう》」と書《か》かれている。

悔《くや》しそうに顔《かお》をしかめた会長《かいちょう》さんと、ドヤ顔《がお》になった夜宮《よみや》くん。

「夜宮《よみや》、正解《せいかい》！　でもペアが違《ちが》います！　失格《しっかく》！」

もしかして夜宮《よみや》くん、意味《いみ》をわかってないんじゃ……。

そう思《おも》ったけど、うれしそうな表情《ひょうじょう》にきゅんとした。

なんだかちょっとかわいい……。

「第二問《だいにもん》、今度《こんど》は彼女《かのじょ》さんへの質問《しつもん》です」

つ、次《つぎ》は私《わたし》……！

「彼氏《かれし》さんの好《す》きな飲《の》み物《もの》は？」

会長《かいちょう》さんの……？

ど、どうしよう、全然《ぜんぜん》わかんな――。

――ピンポーン！

すぐにボタンを押《お》して、回答《かいとう》した薄氷《うすらい》さん。

「コーヒー」

「正解《せいかい》！」

わ……すごいな、薄氷《うすらい》さん……。

やっぱり……夜宮《よみや》くんのこと、たくさん知《し》ってるんだろうな……。

嫉妬《しっと》してしまうけど、答《こた》えた薄氷《うすらい》さんを見《み》て、薄氷《うすらい》さんは真剣《しんけん》にコンテストに取《と》り組《く》んでいることがわかった。

やっぱり、わざと負《ま》けたりするような人《ひと》じゃない……。

だったら……。

私《わたし》も、負《ま》けない……！

正々堂々《せいせいどうどう》と勝負《しょうぶ》して、夜宮《よみや》くんに優勝《ゆうしょう》してもらわなきゃ……！

改《あらた》めて、決心《けっしん》がついた。

「では次《つぎ》のステージに移《うつ》ります！　このカードと同《おな》じものを、校舎《こうしゃ》の中《なか》から見《み》つけてください！」

クイズが終《お》わって、次《つぎ》はカード探《さが》しゲームになった。

「これと同《おな》じカードを探《さが》すんですね……」

さっきもらった、ヒントが書《か》いてあるカードを見《み》る。

ジョーカーの模様《もよう》……。

「隠《かく》す場所《ばしょ》なんて無限《むげん》にありそうだね」

会長《かいちょう》さんも、カードをじっと見《み》つめて考《かんが》えている。

「朔《さく》、私《わたし》は西館《にしかん》を見《み》てくるから……」

「俺《おれ》は東館《ひがしかん》を回《まわ》る。手分《てわ》けして探《さが》すぞ」

薄氷《うすらい》さんと夜宮《よみや》くんは、ふたりで別方向《べつほうこう》へと走《はし》り出《だ》した。

「阿吽《あうん》の呼吸《こきゅう》だ。夫婦《ふうふ》みたいだね」

会長《かいちょう》さんのいたずらな言葉《ことば》が、ぐさっと心《こころ》に刺《さ》さった。

——ばりっ。

勢《いきお》い余《あま》って、ヒントが書《か》かれたカードを破《やぶ》ってしまった。

「わっ……！　すみませんっ……大事《だいじ》な手《て》がかりのカードを……!!」

「大丈夫《だいじょうぶ》だよ」

だ、大丈夫《だいじょうぶ》じゃないと思《おも》うっ……！

「今見《いまみ》つけたから」

え……？

驚《おどろ》いて会長《かいちょう》さんを見《み》ると、その手《て》には
ジョーカーのカードが。

「すごいっ、どこで見《み》つけたんですか!?」

「廊下《ろうか》の天井《てんじょう》。軽《かる》くジャンプしたら取《と》れた」

「意外《いがい》とシンプルな所《ところ》に……！」

というか、廊下《ろうか》の天井《てんじょう》にあるカードを、軽《かる》くジャンプしてとるって……やっぱり、会長《かいちょう》さんもすごいなっ……。人間離《にんげんばな》れしてるっ……。

「おーっと！　桐生《きりゅう》&白咲《しろさき》ペア、早《はや》くもカードを発見《はっけん》！　他《ほか》のチームと差《さ》をつけた！」

私《わたし》が何《なに》もしなくても、会長《かいちょう》さんひとりで優勝《ゆうしょう》しちゃいそうっ……。

「夜宮《よみや》&薄氷《うすらい》ペアもカードを発見《はっけん》！　残《のこ》りのペアは時間切《じかんぎ》れとなってしまいましたー！」

残《のこ》ったのは……会長《かいちょう》さんと私《わたし》と、夜宮《よみや》くんと薄氷《うすらい》さんのペアだけ……。

まだ二回戦目《にかいせんめ》なのに、次《つぎ》が実質決勝戦《じっしつけっしょうせん》ってこと……!?

「最後《さいご》のステージです！　この巨大迷路《きょだいめいろ》の中《なか》で、たった一輪《いちりん》の白薔薇《しろばら》を見《み》つけ、絆《きずな》を深《ふか》めたペアの相手《あいて》に渡《わた》して下《くだ》さい！」

今度《こんど》は白薔薇《しろばら》を探《さが》すのか……。

「なるほど。早《はや》い者《もの》勝《が》ちというわけか」

会長《かいちょう》さんの言《い》うとおり……先《さき》に見《み》つけたほうのペアが勝《か》ち……。

「なお、白薔薇《しろばら》を見《み》つけたペアは、吸血《きゅうけつ》をもって優勝《ゆうしょう》とします！」

……え?

衝撃《しょうげき》の発言《はつげん》に、ぽかんと間抜《まぬ》けな顔《かお》になってしまった。

み、みんなの前《まえ》で、吸血《きゅうけつ》っ……!?

「は……?」

夜宮《よみや》くんも知《し》らなかったのか、怖《こわ》い顔《かお》になっている。

つまり夜宮《よみや》くんが勝《か》つには、薄氷《うすらい》さんの血《ち》を吸《す》うか、吸《す》われるかしかないってこと？

そ、それは、やだっ……。心《こころ》が狭《せま》いかもしれないけど、どうしても嫌《いや》だと思《おも》ってしまう。

だ、だけど、会長《かいちょう》さんが勝《か》ったら、私《わたし》は会長《かいちょう》さんの恋人《こいびと》になることになってて……ど、どっちにしろダメだよっ……。

もちろん手《て》を抜《ぬ》いたりはしないし、ちゃんと探《さが》すけど……どうなっても、悲《かな》しい結末《けつまつ》しか待《ま》っていない。

「吸血《きゅうけつ》が条件《じょうけん》なんて……あんまりじゃないですかっ……」

中学校《ちゅうがっこう》の学園祭《がくえんさい》のコンテストですることじゃないよっ……。

「吸血鬼《きゅうけつき》と恋人《こいびと》になるっていうことは、そういうことだからね。白薔薇《しろばら》は、必《かなら》ず僕《ぼく》が見《み》つけるよ」

会長《かいちょう》さんが、いつになく真剣《しんけん》な表情《ひょうじょう》でそう言《い》った。

「僕《ぼく》は、どんな手段《しゅだん》を使《つか》っても、千結《ちゆ》がほしいから」

「……」

どうしよう……。

このまま白薔薇《しろばら》が見《み》つかったら……本当《ほんとう》に吸血《きゅうけつ》しなくちゃいけないのかな……。

私《わたし》が会長《かいちょう》さんに吸《す》われるか、夜宮《よみや》くんが薄氷《うすらい》さんの血《ち》を吸《す》うか、どちらかってことかな……。

もしくは、薄氷《うすらい》さんが夜宮《よみや》くんの血《ち》を吸《す》うってパターンもあるけど……。

どうなっても、私《わたし》にとっては望《のぞ》まない結果《けっか》になる。

答《こた》えがでないまま、とにかく白薔薇《しろばら》を探《さが》す。

探《さが》し始《はじ》めてもう二十分《にじっぷん》以上《いじょう》がたったけど、一向《いっこう》に白薔薇《しろばら》は見《み》つからない。

もういっそ、このまま見《み》つからずに引《ひ》き分《わ》けにできないかな……。

そう願《ねが》ったとき、視界《しかい》の端《はし》に見《み》えた白《しろ》いもの。

……あ、あれ？

私《わたし》はそっと近《ちか》づいて、木々《きぎ》のアーチの中《なか》に紛《まぎ》れているそれを手《て》に取《と》った。

ま、間違《まちが》いないっ……これだっ……！

どうしよう……見《み》つけちゃった……。

「……やった」

背後《はいご》から聞《き》こえた会長《かいちょう》さんの声《こえ》。

「これで、僕《ぼく》たちの勝《か》ちだ」

「あ、あの……」

「千結《ちゆ》の血《ち》をちょうだい」

「わ、私《わたし》の血《ち》は、夜宮《よみや》くんのものです」

他《ほか》の誰《だれ》にもあげないって、約束《やくそく》したんだ……っ。

夜宮《よみや》くんとの約束《やくそく》を、破《やぶ》るわけにはいかないっ……。

「……ごめんね、千結《ちゆ》」

え……？

会長《かいちょう》さんは、そっと私《わたし》の首筋《くびすじ》に顔《かお》を近《ちか》づけた。

「や、やめてください……！」

「ごめん、でも……僕《ぼく》はどうしても君《きみ》がほしいんだ」

嫌《いや》だ……助《たす》けてっ……。

「――千結《ちゆ》！」

覆《おお》いかぶさっていた会長《かいちょう》さんが、私《わたし》の前《まえ》から吹《ふ》き飛《と》んだ。

バサッ
千結《ちゆ》！
夜宮《よみや》くん！
ざわっ
なになに!?
どゆこと!?
三角関係!?

夜宮《よみや》くんが押《お》しのけたのか、そのまま地面《じめん》に倒《たお》れた会長《かいちょう》さん。

「夜宮《よみや》くん！」

「お前《まえ》……無理矢理何《むりやりなに》しようとして……」

「白薔薇《しろばら》を見《み》つけたんだ。千結《ちゆ》は僕《ぼく》のペアだから、吸血《きゅうけつ》するのは当然《とうぜん》だろ」

キッと、夜宮《よみや》くんをにらみ返《かえ》した会長《かいちょう》さん。

そういえば……。

『たった一輪《いちりん》の白薔薇《しろばら》を見《み》つけ、絆《きずな》を深《ふか》めたペアの相手《あいて》に渡《わた》してください』

私《わたし》は、司会《しかい》の人《ひと》の言葉《ことば》を思《おも》い出《だ》した。

そうだ……。

『なお、白薔薇《しろばら》を見《み》つけたペアは、吸血《きゅうけつ》をもって優勝《ゆうしょう》とします！』

誰《だれ》に吸《す》われるかは、自分《じぶん》で決《き》める。

「夜宮《よみや》くん、受《う》け取《と》って下《くだ》さい」

私《わたし》は持《も》っていた白薔薇《しろばら》を、夜宮《よみや》くんに渡《わた》した。

「え……俺《おれ》に……？」

ルール違反《いはん》になっちゃうかもしれないけど私《わたし》は夜宮《よみや》くんに渡《わた》したい。

誰《だれ》に吸《す》われるかは自分《じぶん》で決《き》める
夜宮《よみや》くん受《う》け取《と》って下《くだ》さい

「……ダメかな？」

こわばっていた夜宮《よみや》くんの表情《ひょうじょう》が、糸《いと》がほどけたように緩《ゆる》む。

「ダメなわけない」

そっと私《わたし》の頬《ほほ》に手《て》を重《かさ》ねて、夜宮《よみや》くんは顔《かお》を近《ちか》づけてきた。

「俺《おれ》を選《えら》んでくれて、ありがとう」

「おおっと……！　ハプニングがありましたが……星《ほし》ノ宮《みや》と月城《つきしろ》の枠《わく》をこえて、吸血鬼《きゅうけつき》と人間《にんげん》の絆《きずな》が結《むす》ばれました」

司会進行《しかいしんこう》の人《ひと》の声《こえ》が、学園中《がくえんじゅう》に響《ひび》き渡《わた》った。

「優勝《ゆうしょう》は――夜宮《よみや》＆白咲《しろさき》ペア！」

俺《おれ》を選《えら》んでくれてありがとう

敵《かな》わない存在《そんざい》【side 一翠《いっすい》】

「優勝《ゆうしょう》は――夜宮《よみや》&白咲《しろさき》ペア！」

司会進行《しかいしんこう》の声《こえ》が聞《き》こえて、深《ふか》く息《いき》を吐《は》いた。

……あと少《すこ》しで、優勝《ゆうしょう》だったのに……。

近《ちか》くで足音《あしおと》が聞《き》こえて、見《み》なくても誰《だれ》のものかわかる。

「朔《さく》をひきつけておけって、言《い》ったはずだが」

振《ふ》り返《かえ》ると、申《もう》し訳《わけ》なさそうな紗雪《さゆき》の姿《すがた》が。

「いきなり走《はし》りだしたので止《と》めようがありませんでした」

「本当《ほんとう》か？　優勝《ゆうしょう》しようと、ずいぶん必死《ひっし》になっているように見《み》えたが」

「……」

黙《だま》り込《こ》んだあと、紗雪《さゆき》は視線《しせん》を千結《ちゆ》と朔《さく》のほうに移《うつ》した。

「……敵《かな》わないと、わかったので」

「……」

「……会長《かいちょう》もそうでしょう」
ひとりだけ、清々《すがすが》しい顔《かお》をして……。
僕《ぼく》は白薔薇《しろばら》を手《て》に入れた千結《ちゆ》の首筋《くびすじ》に、噛《か》みつこうとした。
だけど、泣《な》きそうな顔《かお》を見《み》て、ためらってしまったんだ。
千結《ちゆ》の笑顔《えがお》を奪《うば》ってしまうと思《おも》うと、体《からだ》が動《うご》かなくなった。
人《ひと》を好《す》きになると……人《ひと》は臆病《おくびょう》になってしまうのだと、初《はじ》めて知《し》った。
幸《しあわ》せそうに微笑《ほほえ》みあっている千結《ちゆ》と朔《さく》を見《み》て、複雑《ふくざつ》な感情《かんじょう》になる。
千結《ちゆ》の笑顔《えがお》はとてもかわいいし、ずっと見《み》ていたいと思《おも》うのに……その隣《となり》にいるのが
自分《じぶん》ではないと思《おも》うと、やるせない。
どうして、朔《さく》なんだろう……。
『わ、私《わたし》の血《ち》は、夜宮《よみや》くんのものです』
本当《ほんとう》に、お前《まえ》がうらやましいよ、朔《さく》……。
「一翠《いっすい》」
表彰式《ひょうしょうしき》が終《お》わって学祭委員《がくさいいいん》の仕事《しごろ》に戻《もど》っていると、朔《さく》に声《こえ》をかけられた。
その隣《となり》には、千結《ちゆ》の姿《すがた》も。

「約束《やくそく》は守《まも》れよ」

約束《やくそく》……。

『金輪際《こんりんざい》、千結《ちゆ》に近《ちか》づかないって約束《やくそく》するか？』

「……」

僕《ぼく》は肯定《こうてい》も否定《ひてい》もしなかった。

この先《さき》千結《ちゆ》に会《あ》うことができないなんて、まだ考《かんが》えられなかったから。

だけど、負《ま》けは負《ま》けだ。

「今日《きょう》のところは、完敗《かんぱい》だ」

負《ま》けを受《う》け入《い》れずに駄々《だだ》をこねるほど、僕《ぼく》も子供《こども》じゃない。

何《なに》か言《い》いたげに僕《ぼく》を見《み》ている千結《ちゆ》を、じっと見《み》つめる。

「千結《ちゆ》、またね」

さよならは言《い》わないよ。

僕《ぼく》はまだ……君《きみ》のことをあきらめたくないから。

だって、きっとこんな子《こ》はもう現《あらわ》れないって断言《だんげん》できる。

誰《だれ》よりも優《やさ》しくて、純粋《じゅんすい》で……僕《ぼく》が唯一《ゆいいつ》、安心《あんしん》して隣《となり》にいられる人《ひと》。

ふたりに背中《せなか》を向《む》けて歩《ある》き出《だ》した僕《ぼく》は、さっきのことを後悔《こうかい》した。

あのとき、無理《むり》やり噛《か》みついていればよかったのかな……。

そうすれば、今頃《いまごろ》千結《ちゆ》は僕《ぼく》の隣《となり》にいたかもしれないのに。

そんな自分勝手《じぶんかって》なことを思《おも》ったけど、同《おな》じくらい……無理《むり》やり千結《ちゆ》の笑顔《えがお》を奪《うば》わなくてよかったとも思《おも》った。

僕《ぼく》にこんなことを思《おも》わせるのは、世界中《せかいじゅう》探《さが》しても千結《ちゆ》だけだ。

いつかもう一度《いちど》……。

『だから、だまされてもいいなんて悲《かな》しいこと言《い》わないでください』

——あの笑顔《えがお》を、向《む》けてもらえるといいな。

後夜祭《こうやさい》

「千結《ちゆ》、またね」

会長《かいちょう》さんが、微笑《ほほえ》みを残《のこ》して背中《せなか》を向《む》けた。

そのまま立《た》ち去《さ》っていく会長《かいちょう》さんを、何《なに》も言《い》えずに見《み》つめる。

「朔《さく》……」

あれ……?

後《うし》ろから薄氷《うすらい》さんの声《こえ》が聞《き》こえて、振《ふ》り返《かえ》った。

申《もう》し訳《わけ》なさそうな顔《かお》でこっちを見《み》ながら、薄氷《うすらい》さんは口《くち》を開《ひら》いた。

「……ごめんなさい」

薄氷《うすらい》さん……。

「もう、あなたたちの邪魔《じゃま》はしないわ。朔《さく》のことは、諦《あきら》める」

「……」

夜宮《よみや》くんは何《なに》も言《い》わず、薄氷《うすらい》さんから視線《しせん》をそらした。

悲《かな》しそうにしながら、会長《かいちょう》さんと同《おな》じほうに歩《ある》いて行《い》った薄氷《うすらい》さん。

その背中《せなか》を見《み》つめながら、複雑《ふくざつ》な気持《きも》ちになった。

薄氷《うすらい》さんは……コンテストでもがんばっていたし、夜宮《よみや》くんのこと、純粋《じゅんすい》に好《す》きだったんだろうな……。

会長《かいちょう》さんと手《て》を組《く》んで、夜宮《よみや》くんをだましたことは、よくないと思《おも》うけど……夜宮《よみや》くんを好《す》きになる気持《きも》ちは痛《いた》いほどわかるから、薄氷《うすらい》さんを責《せ》められなかった。

違《ちが》った形《かたち》で出会《であ》っていたら……お友達《ともだち》になれたのかな……。

なんて、私《わたし》の勝手《かって》な願望《がんぼう》にすぎないよね……。


「以上《いじょう》をもちまして、月城学園《つきしろがくえん》と星《ほし》ノ宮学園合同《みやがくえんごうどう》の学園祭《がくえんさい》を終了《しゅうりょう》いたします！　本日《ほんじつ》はご来場《らいじょう》いただき、ありがとうございました……！」

学園祭《がくえんさい》が終《お》わって、ほっと息《いき》をついた。

無事《ぶじ》に終《お》わって、よかった……。

「千結《ちゆ》、行《い》こ」

「え？　夜宮《よみや》くん？　行《い》くってどこに……」

突然私《とつぜんわたし》の手《て》を握《にぎ》って、歩《ある》き出《だ》した夜宮《よみや》くん。

どこに行《い》くのかわからないまま、夜宮《よみや》くんについていく。

着《つ》いたのは……いつもの庭園《ていえん》だった。

「急《きゅう》にどうしたの？」

夜宮《よみや》くんはベンチに座《すわ》ると、そのまま私《わたし》を自分《じぶん》の膝《ひざ》の上《うえ》に乗《の》せた。

後《うし》ろからぎゅっと抱《だ》きしめられて、突然《とつぜん》の行動《こうどう》にびっくりする。

「よ、夜宮《よみや》くんっ……」

「最近千結《さいきんちゆ》とふたりきりになれなかったから……充電《じゅうでん》」

じゅ、充電《じゅうでん》……？

わ、私《わたし》をってこと……？

夜宮《よみや》くん、疲《つか》れておかしくなっちゃったのかもしれない……。

顔《かお》を覗《のぞ》こうとぐぐっと後《うし》ろを向《む》くと、夜宮《よみや》くんは私《わたし》の肩《かた》に頭《あたま》を乗《の》せて目《め》をつむっていた。

相当《そうとう》お疲《つか》れみたいだっ……。

「夜宮《よみや》くん、毎日大変《まいにちたいへん》そうだったもんね。学園祭委員《がくえんさいいいん》、ほんとにお疲《つか》れ様《さま》」

いつも夜宮《よみや》くんがしてくれるみたいに、よしよしと頭《あたま》を撫《な》でた。

夜宮《よみや》くんは気持《きも》ちよさそうにしていて、その姿《すがた》が大型犬《おおがたけん》みたいでかわいい。

「千結《ちゆ》もクラスの準備《じゅんび》がんばってたし、お互《たが》いさま。おつかれ」

「いろいろあったけど……楽《たの》しかったね」

振《ふ》り返《かえ》ってみれば、いい思《おも》い出《で》もたくさんある。

夜宮《よみや》くんとすれ違《ちが》ってしまったことも……必要《ひつよう》な経験《けいけん》だったと思《おも》えた。

今《いま》はこうして、さらに絆《きずな》が深《ふか》まったと思《おも》うから。

「俺《おれ》はもうごめんだ……月城《つきしろ》とは金輪際関《こんりんざいかか》わりたくない」

眉間《みけん》にしわを寄《よ》せた夜宮《よみや》くんを見《み》て、「あはは……」と苦笑《にがわら》いした。

「コンテストで優勝《ゆうしょう》できたし、あいつらももう現《あらわ》れないだろ」

ふと、あの時《とき》の会長《かいちょう》さんのことを思《おも》い出《だ》す。

「あのね……最後《さいご》、夜宮《よみや》くんが助《たす》けに来《き》てくれた時《とき》……」

夜宮《よみや》くんが来《き》てくれたから、吸血《きゅうけつ》されずにすんだけど……本当《ほんとう》は会長《かいちょう》さんは……。

「一瞬《いっしゅん》、会長《かいちょう》さんがためらったように見《み》えたの……」

きっと会長《かいちょう》さんなら、無理矢理《むりやり》にだってかみ付《つ》くことができたはず。

「もしかしたら、本当《ほんとう》は吸血《きゅうけつ》するつもりがなかったんじゃないかなと思《おも》って……」

どうしても……そんなふうに、思《おも》ってしまう。

「千結《ちゆ》はお人《ひと》よしすぎ」

夜宮《よみや》くんはそう言《い》って、私《わたし》の頬《ほほ》を人差《ひとさ》し指《ゆび》で軽《かる》くつついた。

結局《けっきょく》、本当《ほんとう》のところは会長《かいちょう》さんにしかわからないよね……。

「……はぁ、優勝《ゆうしょう》できてよかった」

改《あらた》めてそう言《い》って、勝利《しょうり》をかみしめている夜宮《よみや》くん。

「千結《ちゆ》のおかげ。ありがとう」

「私《わたし》のほうこそ。守《まも》ろうとしてくれてありがとう」

今回《こんかい》の件《けん》で、夜宮《よみや》くんには迷惑《めいわく》をかけっぱなしだったけど……。

やっぱり夜宮《よみや》くんは、いつだって私《わたし》を助《たす》けてくれるヒーローだ……。

微笑《ほほえ》み返《かえ》すと、夜宮《よみや》くんはさらに抱《だ》きしめる腕《うで》に力《ちから》を込《こ》めた。

「最近《さいきん》ふたりの時間《じかん》なかったから、千結《ちゆ》が足《た》りない」

私《わたし》も……って、夜宮《よみや》くん、昨日《きのう》も今日《きょう》も血《ち》を吸《す》ってないっ……。

「お腹空《なかす》いた？　血《ち》、足《た》りてないよね……！」

「ううん、血《ち》じゃなくて、千結《ちゆ》が」

ぐりぐりと、頬《ほほ》を擦《す》り寄《よ》せてきた夜宮《よみや》くん。

「俺《おれ》にとっては空腹《くうふく》よりも、千結不足《ちゆぶそく》のほうが深刻《しんこく》」

苦《くる》しそうな声《こえ》に、胸《むね》がきゅっと締《し》め付《つ》けられた。

きっとたくさん、夜宮《よみや》くんのこと傷《きず》つけたよね……。

「ん？　千結《ちゆ》……？」

体勢《たいせい》を変《か》えて、夜宮《よみや》くんのほうを向《む》いた。

そのまま、正面《しょうめん》からぎゅっと抱《だ》きつく。

「たくさんごめんね……これからも、ずっと夜宮《よみや》くんといたい」

「俺《おれ》のほうこそ……不安《ふあん》にさせてごめんな」

夜宮《よみや》くんは、やっぱり優《やさ》しすぎるよ……。

「これからは何《なに》か不安《ふあん》なことがあれば、いつでも俺《おれ》に言《い》って。安心《あんしん》させるから」

見《み》つめ合《あ》って、どちらからともなく微笑《ほほえ》んだ。

私《わたし》たちにとって学園祭《がくえんさい》は……忘《わす》れられない思《おも》い出《で》になった。

戻《もど》ってきた日常《にちじょう》

学園祭《がくえんさい》が終《お》わって、いつもの日常《にちじょう》が戻《もど》ってきた。

「帰《かえ》ろ、千結《ちゆ》」

「うん！」

放課後《ほうかご》になると、夜宮《よみや》くんが私《わたし》のところに来《き》てくれる。

「じ、自分《じぶん》で持《も》てるよ」

「いいから」

当然《とうぜん》のように私《わたし》の鞄《かばん》を持《も》って、手《て》を差《さ》し出《だ》してきた夜宮《よみや》くん。

う……ス、スマートすぎるよ……。

一緒《いっしょ》に帰《かえ》るのも当《あ》たり前《まえ》になって、いつものように手《て》をつないで教室《きょうしつ》を出《で》た。

最初《さいしょ》のころは手《て》をつなぐだけですごく恥《は》ずかしかったけど……少《すこ》しずつ、慣《な》れてきた気《き》がする……。

そう思《おも》って夜宮《よみや》くんを見《み》つめると、夜宮《よみや》くんも私《わたし》に気《き》づいた。

「ん？」

微笑《ほほえ》みながら、握《にぎ》る手《て》に力《ちから》を込《こ》めた夜宮《よみや》くん。

その笑顔《えがお》と手《て》の温《ぬく》もりに、ドキッと、心臓《しんぞう》が高鳴《たかな》った。

や、やっぱり慣《な》れないっ……！

夜宮《よみや》くんのこのキラキラスマイルと、恋人《こいびと》らしいことには、いつまで経《た》っても耐性《たいせい》がつきそうにないなっ……。

「あっ……さくちゆカップルだっ……」

「いつも一緒《いっしょ》にいて羨《うらや》ましい〜」

すれ違《ちが》う人《ひと》たちの声《こえ》が聞《き》こえて、またかあっと顔《かお》が熱《あつ》くなった。

ブラッディカップルコンテストに出《で》たことで、校内《こうない》で「さくちゆ」カップルとして話題《わだい》になっているらしく……。

「だって？」

「よ、夜宮《よみや》くんっ……」

私《わたし》は注目《ちゅうもく》されるのが苦手《にがて》だから、早《はや》くおさまってほしいと思《おも》っているけど、夜宮《よみや》くんはまんざらでもなさそう。

今《いま》も、うれしそうに口角《こうかく》を上《あ》げている。

「これで、千結《ちゆ》に手《て》を出《だ》すやつもいなくなる」

「もともとそんな人《ひと》いないって、この前《まえ》も言《い》ったでしょ？」

「……だから、いい加減自覚《かげんじかく》してって俺《おれ》も言《い》っただろ」

夜宮《よみや》くん、どうしてそんなに不満《ふまん》そうなの……？

「ラブラブでいいな～」

「悔《くや》しいけど、あんな仲良《なかよ》さそうなところ見《み》たら何《なに》も言《い》えないよね～」

「応援《おうえん》するしかないよ～！」

見《み》られていることが恥《は》ずかしくて、視線《しせん》を下《さ》げて廊下《ろうか》を進《すす》んだ。

ちなみに、学園祭《がくえんさい》からの変化《へんか》は……これだけじゃない。


「千結《ちゆ》……！」

正門《せいもん》のところに人影《ひとかげ》が見《み》えて、視線《しせん》を向《む》ける。

「か、会長《かいちょう》さんっ……」

笑顔《えがお》で手《て》を振《ふ》る会長《かいちょう》さんの姿《すがた》に、冷《ひ》や汗《あせ》があふれた。

恐《おそ》る恐《おそ》る夜宮《よみや》くんを見《み》ると、眉間《みけん》にこれでもかとしわを寄せて、怖《こわ》い顔《かお》になっている。

学園祭《がくえんさい》が終《お》わってから、たまに星《ほし》ノ宮《みや》に現《あらわ》れるようになった会長《かいちょう》さん。

「お前《まえ》……俺《おれ》との約束《やくそく》忘《わす》れたのか？」

会長《かいちょう》さんの前《まえ》まで勢《いきお》いよく歩《ある》いていき、にらみつけた夜宮《よみや》くん。

「ふふっ、もちろん覚《おぼ》えてるよ」

「金輪際《こんりんざい》、千結《ちゆ》には近《ちか》づくなって言《い》ったよな？」

「そうだね。だから、一定《いってい》の距離《きょり》は保《たも》ってるでしょ」

す、清々《すがすが》しいくらいの笑顔《えがお》っ……。

「屁理屈野郎《へりくつやろう》が……」

よ、夜宮《よみや》くん、すごい形相《ぎょうそう》になってるっ……！

会長《かいちょう》さんも、笑顔《えがお》だけど目《め》は笑《わら》っていない。

ふたりの間《あいだ》に、バチバチと火花《ひばな》が飛《と》び散《ち》っているように見《み》える。

「か、会長《かいちょう》さん、今日《きょう》は何《なに》か用事《ようじ》でもありましたか？」

このふたりを一緒《いっしょ》の空間《くうかん》にいさせちゃダメだと思《おも》って、早急《さっきゅう》に要件《ようけん》を聞《き》き出《だ》した。

「ああ、千結《ちゆ》に用事《ようじ》があったんだ」

私《わたし》に……？

「これ」

会長《かいちょう》さんは笑顔《えがお》で、二枚《にまい》のチケットを取《と》り出《だ》した。

渡《わた》されたそれを恐《おそ》る恐《おそ》る受《う》けとって、そのチケットを見《み》る。

こ、これは……！

「駅前《えきまえ》の人気《にんき》カフェの、アフタヌーンティーチケット……！」

私《わたし》は目《め》を輝《かがや》かせて、会長《かいちょう》さんを見《み》た。

「人気《にんき》で予約《よやく》がとれないって有名《ゆうめい》な……！」

「知人《ちじん》からもらったんだ。チケットが二枚《にまい》あるから、よかったら一緒《いっしょ》に行《い》かない？」

す、すごく行《い》きたいっ……。

でも、会長《かいちょう》さんとはいろいろあったし、ふたりで出《で》かけるっていうのは、ちょっと……。

夜宮《よみや》くんのこと、不安《ふあん》にさせたくないから。

「……おい、堂々《どうどう》と誘《さそ》ってんじゃねぇぞ」

ますます不機嫌《ふきげん》になっていく夜宮《よみや》くんを見《み》ても、会長《かいちょう》さんは笑顔《えがお》を崩《くず》さない。

「ふふっ、千結《ちゆ》が関《かか》わると、朔《さく》は怖《こわ》いなぁ」

な、なんだか夜宮《よみや》くんをからかって楽《たの》しんでるみたいっ……。

「……なんてね、冗談《じょうだん》だよ」

不敵《ふてき》な笑顔《えがお》が、困《こま》ったような笑顔《えがお》に変《か》わった。

「これはふたりにあげる。学園祭《がくえんさい》のときのお詫《わ》び」

え……？

「い、いいんですか？」

「もちろん」

「あ、ありがとうございます……！」

うれしくて、無意識《むいしき》に口元《くちもと》がゆるむ。

「それじゃあ、もう行《い》くよ。千結《ちゆ》の顔《かお》が見《み》れてうれしかった」

本当《ほんとう》に用事《ようじ》はこれだけだったのか、ひらひらと手《て》を振《ふ》っている会長《かいちょう》さん。

わざわざ渡《わた》しにきてくれたなんて……やっぱり会長《かいちょう》さんは、根《ね》っこは優《やさ》しい人《ひと》なんだと思《おも》う。

「またすぐに来《く》るね！」

「一生来《いっしょうく》るな」

ほっこりしたのも束《つか》の間《ま》、去《さ》り際《ぎわ》まで火花《ひばな》を散《ち》らし合《あ》っているふたりを見《み》て、苦笑《にがわら》いした。

か、会長《かいちょう》さんと夜宮《よみや》くんは遠《とお》い親戚《しんせき》って言《い》っていたし、いつかふたりが仲良《なかよ》くなれる日《ひ》が来《く》るといいなっ……。

愛情表現《あいじょうひょうげん》

「来週《らいしゅう》は、野外活動《やがいかつどう》として星《ほし》ノ宮学園高校《みやがくえんこうこう》に行《い》く」

担任《たんにん》の先生《せんせい》の言葉《ことば》に、クラスには淡々《たんたん》とした空気《くうき》が流《なが》れていた。

「野外活動《やがいかつどう》って……星《ほし》ノ宮学園高校《みやがくえんこうこう》の校舎《こうしゃ》は隣《となり》にあるから、特別感《とくべつかん》も何《なに》もないけど」

クラスメイトのひとりが、あきれたようにつぶやいた。

た、確《たし》かに、わくわくはしないかも……はは……。

「立派《りっぱ》な活動《かつどう》のひとつだ！　進学説明会《しんがくせつめいかい》もあるから、全員休《ぜんいんやす》まず出席《しゅっせき》するように」

進学説明会《しんがくせつめいかい》……もうそんな時期《じき》かぁ……。

「まだ二年生《にねんせい》なのに、進学《しんがく》のことなんて考《かんが》えたくないわ……」

先生《せんせい》が教室《きょうしつ》から出《で》ていくと、凛《りん》ちゃんがため息《いき》をついた。

「進学《しんがく》テスト、結構厳《けっこうきび》しいらしいしね……」

私《わたし》は陽葵《ひまり》ちゃんの言葉《ことば》に、耳《みみ》をふさいだ。

「テスト……」

き、聞《き》きたくないワードランキング一位《いちい》っ……！

「千結《ちゆ》には賢《かしこ》い彼氏《かれし》がいるからいいじゃない」

「だね」

そ、そういう問題《もんだい》じゃっ……。

「勉強《べんきょう》ならいつでも教《おし》えるけど」

「よ、夜宮《よみや》くんっ……」

いつのまにいたのか、座《すわ》っている私《わたし》を、後《うし》ろからぎゅっと抱《だ》きしめてきた夜宮《よみや》くん。

その行動《こうどう》に、顔《かお》がぼぼっと熱《あつ》くなった。

「はぁ……ほんと、いつもべったりね」

「もう見慣《みな》れた光景《こうけい》」

凛《りん》ちゃんと陽葵《ひまり》ちゃんはからかうというよりは、もはやあきれの域《いき》に達《たっ》している。

「好《す》きなんだからいいだろ」

夜宮《よみや》くんが恥《は》ずかしげもなくそう答《こた》えて、私《わたし》の顔《かお》はますます赤《あか》くなった。

「千結《ちゆ》もいい加減《かげん》慣《な》れなよ」

「そうそう、心臓《しんぞう》もたないよ？」

わ、わかってるけど……な、慣《な》れないよっ……。

「よ、夜宮《よみや》くん、教室《きょうしつ》ではやめてっ……」

「ふたりきりならいいの？」

「……～っ！」

「はいはい、あんまり千結《ちゆ》のことからかわないであげてよ」

「りんごみたいになっちゃって」

ふたりに注意《ちゅうい》された夜宮《よみや》くんが、不満《ふまん》そうにしながらも私《わたし》から手《て》を離《はな》してくれた。

贅沢《ぜいたく》な悩《なや》みかもしれないけど……夜宮《よみや》くんの愛情《あいじょう》表現《ひょうげん》がすごすぎていつか心臓《しんぞう》が破裂《はれつ》しちゃいそうだ……。

「……やりすぎた。ごめん、千結《ちゆ》」

あ……。

私《わたし》が嫌《いや》がったと思《おも》ったのか、申《もう》し訳《わけ》なさそうに謝《あやま》ってきた夜宮《よみや》くん。

ちが……恥《は》ずかしかっただけで、嫌《いや》なわけじゃ、なかったんだけど……。

もしかして……私《わたし》がこうやって戸惑《とまど》うたびに、夜宮《よみや》くんは嫌《いや》がられてるって思《おも》ってるのかな……？

だとしたら……ちゃんと、違《ちが》うんだって言《い》わないとっ……。

「ていうか、何《なん》の話《はな》してたの？」

私《わたし》が口《くち》を開《ひら》くよりも先《さき》に、夜宮《よみや》くんがそう言《い》った。

きっと、話《はなし》を逸《そ》らそうとしたのかも。

「高等部《こうとうぶ》の見学《けんがく》についてよ」

「あー……それか」

興味《きょうみ》なさそうに、あくびをした夜宮《よみや》くん。

「ま、授業《じゅぎょう》より見学《けんがく》のほうがましでしょ」

「そういえば、凛《りん》の彼氏《かれし》は高等部《こうとうぶ》だったよね？」

あ……そうだ……！

凛《りん》ちゃんの彼氏《かれし》さんは星《ほし》ノ宮高校《みやこうこう》の生徒《せいと》って言《い》っていたし、もしかしたら会《あ》えるかもしれない……！

「うん。説明会《せつめいかい》に行《い》くって伝《つた》えておかないと」

心《こころ》なしか、凛《りん》ちゃんがうれしそうに見《み》えた。

「凛《りん》が高等部《こうとうぶ》にあがってくるの、楽《たの》しみにしてるんじゃない？」

「あたしが高等部《こうとうぶ》に入《はい》ったら、あっちは大学《だいがく》だし」

「あ、そっか」

「まあ、同《おな》じ大学《だいがく》に入《はい》ったら一年一緒《いちねんいっしょ》にいれるけど……大学《だいがく》は違《ちが》うところになるでしょうね」

ふたりの会話《かいわ》を聞《き》きながら、びっくりした。

「え……凜《りん》ちゃん、もう大学《だいがく》のこと考《かんが》えてるのっ……!?」

私《わたし》なんて、高校《こうこう》に進学《しんがく》することも深《ふか》く考《かんが》えてなかったのにっ……。

「まあ、ぼんやりとだけど」

「そっか……すごいな……」

みんな、将来《しょうらい》のこと、ちゃんと考《かんが》えてるんだな……。

私《わたし》も、もっとしっかりしないと……。

「夜宮《よみや》くんも考《かんが》えてるでしょ？」

「俺《おれ》は……まあ、適度《てきど》に」

凜《りん》ちゃんの質問《しつもん》に、夜宮《よみや》くんはつまらなさそうに答《こた》えた。

「夜宮《よみや》くんなら、どこでも選《えら》びたい放題《ほうだい》でしょ」

そういう話《はなし》は夜宮《よみや》くんとしたことがなかったけど……やっぱり夜宮《よみや》くんもちゃんと考《かんが》えてるんだな……。

大学生《だいがくせい》になるのなんて、まだまだ先《さき》だと思《おも》ってた……。

高校《こうこう》はきっと進学《しんがく》するだろうから、一緒《いっしょ》にいられるけど……大学《だいがく》は……。

私《わたし》と夜宮《よみや》くんの学力《がくりょく》の差《さ》だったら、同《おな》じところに通《かよ》うのは難《むずか》しいかな……。

先《さき》のことなんて深《ふか》く考《かんが》えたことがなかったけど、一〇年後《じゅうねんご》、二〇年後《にじゅうねんご》……私達《わたしたち》はどうなってるんだろう。

夜宮《よみや》くんの横顔《よこがお》を見《み》ながら、少《すこ》しだけ不安《ふあん》な気持《きも》ちになった。

「高等部《こうとうぶ》って、作《つく》りはほとんど一緒《いっしょ》なんだね」

陽葵《ひまり》ちゃんはきょろきょろと周《まわ》りを見《み》ながら、つぶやいた。

今日《きょう》は、進学説明会当日《しんがくせつめいかいとうじつ》。クラスのみんなで高等部《こうとうぶ》に来《き》て、説明会《せつめいかい》が行《おこな》われる講堂《こうどう》まで案内《あんない》される。

確《たし》かに、内装《ないそう》はほとんど同《おな》じかな……？

って、講堂広《こうどうひろ》いっ……！

まるでドラマに出《で》てくる、大学《だいがく》の教室《きょうしつ》みたい。半円状《はんえんじょう》でずらりと並《なら》ぶテーブルと椅子《いす》。

全校生徒《ぜんこうせいと》が入《はい》りそうなくらい広《ひろ》いその空間《くうかん》に、「わぁ……！」と声《こえ》が出《で》た。

「千結《ちゆ》、隣座《となりすわ》ろ」

「う、うん……！」

うなずいて夜宮《よみや》くんの隣《となり》に座《すわ》ると、夜宮《よみや》くんはうれしそうに微笑《ほほえ》んだ。

「千結《ちゆ》の隣《となり》の席《せき》っていいな」

「え……？」

「教室《きょうしつ》でも、隣《となり》の席《せき》がいい」

そ、そんな……教室《きょうしつ》で隣同士《となりどうし》だったら、今《いま》よりもっと授業《じゅぎょう》に集中《しゅうちゅう》できない気《き》がするっ……。

ずっとドキドキして、勉強《べんきょう》どころじゃなくなっちゃうよ……！

「それでは、今《いま》から進学説明会《しんがくせつめいかい》を始《はじ》めます」

前《まえ》に立《た》っている高等部《こうとうぶ》の先生《せんせい》が、事前《じぜん》に配《くば》られていた資料《しりょう》を読《よ》み上《あ》げた。

私《わたし》も慌《あわ》てて夜宮《よみや》くんから資料《しりょう》に視線《しせん》を移《うつ》して、先生《せんせい》の説明《せつめい》をじっと聞《き》く。

メモをとっているとき、消《け》しゴムを落《お》としてしまった。

「あ、ごめん」

慌《あわ》てて拾《ひろ》おうとしたとき、夜宮《よみや》くんも取《と》ってくれようとしたのか、机《つくえ》の下《した》で手《て》が重《かさ》なる。

そのまま、ぎゅっと手《て》を握《にぎ》られた。

「え……っ」

驚《おどろ》いて夜宮《よみや》くんを見《み》ると、いたずらが成功《せいこう》した子供《こども》みたいに口角《こうかく》をあげている。

な、何《なに》やってるの夜宮《よみや》くんっ……！　こんな人《ひと》が多《おお》いところで……！

み、見《み》られたら恥《は》ずかしくて死《し》んじゃう……。

「……って、ごめん」

どうしていいかわからなくて動《うご》けなくなった私《わたし》を見《み》て、夜宮《よみや》くんが一瞬《いっしゅん》表情《ひょうじょう》を曇《くも》らせた。

あ、また……。

『……やりすぎた。ごめん、千結《ちゆ》』

この前《まえ》と、同《おな》じ顔《かお》……。私《わたし》が嫌《いや》がってるって思《おも》ったのかな……？

というか、私《わたし》がそういうふうに思《おも》わせちゃったんだっ……。

夜宮《よみや》くんにされることで、嫌《いや》なことなんて何《なに》もない。

だけど……頭《あたま》がいっぱいになって、どうやって反応《はんのう》していいかわからなくて……。

私《わたし》がこういう反応《はんのう》をするたびに、きっと夜宮《よみや》くんは傷《きず》ついてるんだ。

本当《ほんとう》は私《わたし》だってもっと、素直《すなお》に〝好《す》き〟を伝《つた》えたい……。

……恥《は》ずかしいとか、そんなの言《い》い訳《わけ》にしてちゃダメだよね……。

「……っ、え？」

きゅっと、夜宮《よみや》くんの手《て》を握《にぎ》り返《かえ》した。

夜宮《よみや》くんの手《て》が、驚《おどろ》いたようにびくっと動《うご》いたのがわかる。

ゆ、勇気《ゆうき》を出《だ》してみたけど……夜宮《よみや》くん、

どう思《おも》ったかな？

ちらっと、夜宮《よみや》くんのほうを見《み》ると、うれしそうな、照《て》れているような横顔《よこがお》が視界《しかい》に映《うつ》って、びっくりした。

夜宮《よみや》くんが照《て》れるなんて、めずらしいっ……！

もしかしたら……夜宮《よみや》くんも普段《ふだん》、がんばって好《す》きを伝《つた》えてくれてるのかな……？

私《わたし》ばっかりドキドキさせられてるって思《おも》ってたけど……違《ちが》ったのかも……。

そう思《おも》うと、すごく嬉《うれ》しくなった。

いつもと違《ちが》う一面《いちめん》が見《み》れるなんて……素直《すなお》になって、よかった……。


「以上《いじょう》で、説明会《せつめいかい》を終《お》わります」

先生《せんせい》の言葉《ことば》に、ふぅ……と息《いき》を吐《は》く。

そのまま高等部《こうとうぶ》にあがるものだと思《おも》っていたけど、進学《しんがく》するのも大変《たいへん》そう……。

説明《せつめい》が多《おお》くて、頭《あたま》がもうパンク状態《じょうたい》だっ……。

「千結《ちゆ》、来《き》て」

「えっ……？」

頭《あたま》を抱《かか》えていると、夜宮《よみや》くんに手《て》をつかまれた。

「ど、どこに行《い》くのっ……!?」

「いいから」

夜宮《よみや》くんは私《わたし》の手《て》を握《にぎ》ったまま、すたすたと廊下《ろうか》を歩《ある》いていく。

そのまま、近《ちか》くの教室《きょうしつ》に入《はい》った夜宮《よみや》くん。

「こ、ここ、入《はい》ってもいいの？」

「知《し》らない」

「し、知《し》らないって……」

私《わたし》が言《い》い切《き》るよりも先《さき》に、夜宮《よみや》くんがぎゅっと抱《だ》きしめてきた。

「……さっきの、何《なに》？」

耳元《みみもと》でささやかれて、ドキッと心臓《しんぞう》が高鳴《たかな》る。

「さっきのって……？」

「手《て》」

握《にぎ》り返《かえ》したことについて、かな……？

「ああいうことされたら、困《こま》る」

困《こま》る……？

「かわいすぎて、抱《だ》きしめるのがまんするのに必死《ひっし》だった」

夜宮《よみや》くんはそう言《い》って、苦《くる》しいくらいぎゅっと抱《だ》きしめてきた。

これは……もしかして、喜《よろこ》んでくれてるのかな……？

「え、えっと……いつも、夜宮《よみや》くんは素直《すなお》に言葉《ことば》にしてくれるでしょう？」

私《わたし》もそっと、夜宮《よみや》くんを抱《だ》きしめ返《かえ》した。

「私《わたし》は恥《は》ずかしくて、いつもどうしていいかわからなくなっちゃうから……たまには素《す》直《なお》になりたいって、思《おも》って……」

「そんなふうに思《おも》ってたんだ。千結《ちゆ》はそのままでいいのに」

夜宮《よみや》くんはいつもそうだ。

私《わたし》の悪《わる》いところも全部《ぜんぶ》、まるごと受《う》け入《い》れてくれる。

だけど……。

「ダメだよ。もらってばっかりは」

与《あた》えられっぱなしは、嫌《いや》なんだ。

もらった分《ぶん》……ううん、それ以上《いじょう》の愛《あい》を返《かえ》したい。

「私《わたし》も……ちゃんと好《す》きって伝《つた》えられるように、素直《すなお》になるから……」

今《いま》はまだ、恋愛初心者《れんあいしょしんしゃ》でダメダメな私《わたし》だけど……早《はや》く夜宮《よみや》くんに、追《お》いつけるようにがんばりたいんだ……。

「ほんとは夜宮《よみや》くんがしてくれること、全部《ぜんぶ》うれしいよ」

恥《は》ずかしい気持《きも》ちをぐっとこらえて、正直《しょうじき》な気持《きも》ちを口《くち》にした。

「……なにそれ」

耳元《みみもと》で聞《き》こえた、夜宮《よみや》くんの苦《くる》しそうな声《こえ》。

「……やっぱりあんまり素直《すなお》にならないで」

え……？

「かわいすぎるから」

顔《かお》を赤《あか》くしながら、くしゃっと表情《ひょうじょう》をゆがめた夜宮《よみや》くん。

照《て》れているのか怒《おこ》っているのかわからない顔《かお》を見《み》て、笑《え》みがあふれた。

夜宮《よみや》くんのこんな表情《ひょうじょう》が見《み》れるなんて……ふふっ、素直《すなお》になって、よかった。

これからも、素直《すなお》に気持《きも》ちを伝《つた》えていこう。

この先《さき》もずっと、一緒《いっしょ》にいたいから……。

——ガラガラッ。

ふたりきりの教室《きょうしつ》に、扉《とびら》が開《ひら》く音《おと》が響《ひび》いた。

だ、誰《だれ》か入《はい》ってきたっ……！

慌《あわ》てて夜宮《よみや》くんから離《はな》れて、入《はい》ってきた人《ひと》のほうを見《み》る。

「何《なに》してるんです、ここは部外者《ぶがいしゃ》立《た》ち入《い》り禁止《きんし》ですが」

現《あらわ》れたのは、スーツを着《き》た男《おとこ》の人《ひと》だった。

え、この人《ひと》……。夜宮《よみや》くんに、そっくり……。

何《なに》してるんです
ここは部外者《ぶがいしゃ》立入禁止《たちいりきんし》ですが
え
この人《ひと》…

家族《かぞく》

教室《きょうしつ》に入《はい》ってきた、夜宮《よみや》くんにそっくりな男《おとこ》の人《ひと》をじっと見《み》つめる。

見《み》れば見《み》るほど似《に》てる……。

この人《ひと》は、一体《いったい》……。

「君《きみ》は……もしかして朔《さく》なのか……？」

え……？

どうして夜宮《よみや》くんの名前《なまえ》を……？

「星《ほし》ノ宮《みや》に通《かよ》っているとは聞《き》いていたが……まさかこんなところで会《あ》うなんて」

知《し》り合《あ》い……？

そう思《おも》ったけど、夜宮《よみや》くんも彼《かれ》を見《み》て驚《おどろ》いていた。

「……すみません、初対面《しょたいめん》だと思《おも》うのですが」

「覚《おぼ》えてなくても無理《むり》はない」

彼《かれ》はそう言《い》って、メガネの縁《ふち》をくいっと持《も》ち上《あ》げた。

「あのとき、お前《まえ》はまだ赤《あか》ん坊《ぼう》だったからな……」

赤《あか》ん坊《ぼう》……？

「私《わたし》は篠原信志《しのはらのぶゆき》、君《きみ》の父親《ちちおや》だ」

彼《かれ》が何《なに》を言《い》っているのか、最初《さいしょ》は理解《りかい》できなかった。


え……？


……ちっ、父親《ちちおや》!?

で、でも、夜宮《よみや》くんとは名字《みょうじ》が違《ちが》う……。

それに、父親《ちちおや》なのに……まるで自己紹介《じこしょうかい》するような言《い》い方《かた》……。

どういうこと……？

「……本来《ほんらい》はこういう風《ふう》に会《あ》うつもりじゃなかったんだけどな」

「あなたが……」

夜宮《よみや》くんは目《め》を見開《みひら》きながら、彼《かれ》を見《み》ている。

「……母《かあ》さんは元気《げんき》か？」

あれ……？

一瞬《いっしゅん》、夜宮《よみや》くんが何《なに》かをこらえるように、唇《くちびる》をかみしめた。

「やっぱり人違《ひとちが》いだと思《おも》います、では」

夜宮《よみや》くん……？

「千結《ちゆ》、行《い》こう」

「あっ、えっ……」

い、いいの……？

私《わたし》の手《て》を引《ひ》いて、教室《きょうしつ》を出《で》た夜宮《よみや》くん。

心配《しんぱい》で夜宮《よみや》くんの顔《かお》を見《み》ると、見《み》たこともないほど冷《つめ》たい目《め》をしていた。

……ううん、私《わたし》はこの目《め》を見《み》たことがある。

最初《さいしょ》……知《し》り合《あ》ったばかりの時《とき》、夜宮《よみや》くんはこんな目《め》をしていたから。

夜宮《よみや》くんは無口《むくち》のまま、スタスタと廊下《ろうか》を進《すす》んでいく。

「……さっきの人《ひと》、なんだったんだろうね」

「……」

「勘違《かんちが》いだろうけど、驚《おどろ》いたよ」

あ……。

笑《わら》っているけど、悲《かな》しんでいるのがわかった。

どうしてそんな、切《せつ》なそうに笑《わら》うんだろう……。

苦《くる》しいなら、笑《わら》わなくてもいいのに……。

これは夜宮《よみや》くんにとって、話《はな》したくないこと……？

「あの人《ひと》が、うそを言《い》ってるようには見《み》えなかったな」

「……千結《ちゆ》？」

聞《き》いていいのか、わからないけど……。

「……私《わたし》、ちゃんと夜宮《よみや》くんのこと知《し》りたい」

大好《だいす》きだから……もっと知《し》りたいよ……。

そう思《おも》うのは、迷惑《めいわく》かな……？

「……ごめん、そうだよな。千結《ちゆ》にはきちんと話《はな》さないとな」

夜宮《よみや》くんの言葉《ことば》に顔《かお》をあげると、真剣《しんけん》な表情《ひょうじょう》の夜宮《よみや》くんと視線《しせん》がぶつかった。

「今週末《こんしゅうまつ》、空《あ》いてる？」

今週末《こんしゅうまつ》？

「千結《ちゆ》に……俺《おれ》の家族《かぞく》を紹介《しょうかい》したい」

別《わか》れ？

『千結《ちゆ》に……俺《おれ》の家族《かぞく》を紹介《しょうかい》したい』

夜宮《よみや》くんにそう言《い》われて、三日《みっか》がたった。

今日《きょう》、私《わたし》は……。

「千結《ちゆ》、お待《ま》たせ」

……夜宮《よみや》くんのご実家《じっか》に、おじゃまします。

夜宮《よみや》くんが家《いえ》まで迎《むか》えにいくと言《い》ってくれたから、用意《ようい》をして家《いえ》で待《ま》っていた。

「ついたよ」という連絡《れんらく》をもらって外《そと》に出《で》ると、高級車《こうきゅうしゃ》から顔《かお》を出《だ》している、笑顔《えがお》の夜《よ》宮《みや》くんがいた。

な、なんだろう、この長《なが》い車《くるま》はっ……。

車《くるま》を見《み》てぽかんと立《た》ちつくしていると、運転席《うんてんせき》のほうから誰《だれ》かがおりてきた。

「はじめまして、千結様《ちゆさま》」

え……？

タキシードを着《き》て、髪《かみ》をうしろにくくり、メガネをかけている男性《だんせい》。

まるでドラマに出《で》てくる執事《しつじ》のような装《よそお》いをしているその人《ひと》に、ますます開《あ》いた口《くち》がふさがらなくなる。

高級車《こうきゅうしゃ》と、執事《しつじ》さん……。

夜宮《よみや》くんって、私《わたし》が想像《そうぞう》している以上《いじょう》のお坊《ぼっ》ちゃんなのかなっ……。

驚《おどろ》きのあまり立《た》ち尽《つ》くしていると、夜宮《よみや》くんが車《くるま》から降《お》りてきた。

「こいつはキュー太郎《たろう》」

きゅ、キュー太郎《たろう》……？

「あ、あだ名《な》ですか……？」

こんなに上品《じょうひん》な雰囲気《ふんいき》をまとっている人《ひと》には、とうていふさわしくないようなあだ名《な》だけど……。

「夜宮様《よみやさま》は、もうひとつの姿《すがた》のほうを気《き》に入《い》ってくださっているみたいで」

もうひとつの姿《すがた》……？

首《くび》をかしげると、突然《とつぜん》ぼふんっと音《おと》をたてて目《め》の前《まえ》に煙《けむり》が立《た》ちこめた。

「ごほっ、ごほっ……え？」

さっきまでいた男《おとこ》の人《ひと》の姿《すがた》は消《き》えて、代《か》わりに現《あらわ》れたのは……かわいらしいフォルムのこうもり。

ど、どういうこと……？　さっきの人《ひと》が、このこうもりに変身《へんしん》したのっ……？

「俺《おれ》の使《つか》い魔《ま》なんだ」

夜宮《よみや》くんはそう言《い》って、こうもりさんを見《み》た。

こうもりさんはにこっと微笑《ほほえ》んでから、再《ふたた》び煙《けむり》の中《なか》に消《き》える。

そして、さっきの男《おとこ》の人《ひと》が現《あらわ》れた。

驚《おどろ》いている私《わたし》を見《み》て、にこりと微笑《ほほえ》む。

「私《わたくし》、キュー太郎《たろう》改《あらた》め、ジョルジュ・グランチェスター・モンテスキューです」

あはは……もう、いろいろと規格外《きかくがい》すぎる……。

「千結《ちゆ》、乗《の》って。キュー太郎《たろう》、運転頼《うんてんたの》む」

「はい」

執事《しつじ》さん……えっと、キュー太郎《たろう》さんと呼《よ》んでいいのかわからないけど、彼《かれ》が運転《うんてん》をしてくれるみたい。

夜宮《よみや》くんに手《て》を握《にぎ》ってもらって、車《くるま》に乗《の》った。

「十五分《じゅうごふん》くらいで着《つ》くから」

「う、うん」

今《いま》から……夜宮《よみや》くんのご実家《じっか》に行《い》くんだ……。

自分《じぶん》の心臓《しんぞう》の音《おと》が聞《き》こえるくらい、緊張《きんちょう》でどうにかなりそうだった。

十五分《じゅうごふん》くらいで夜宮《よみや》くんのご実家《じっか》に到着《とうちゃく》して、車《くるま》を降《お》りる。

き、来《き》てしまったっ……。

手土産《てみやげ》を持《も》って、大豪邸《だいごうてい》の夜宮《よみや》くんの家《いえ》を見《み》る。

想像以上《そうぞういじょう》に大《おお》きいっ……。

『千結《ちゆ》に……俺《おれ》の家族《かぞく》を紹介《しょうかい》したい』

そう言《い》われてうなずいたものの、まさかご家族《かぞく》に会《あ》うなんて……き、緊張《きんちょう》するっ……。

「千結《ちゆ》、行《い》こうか」

大豪邸《だいごうてい》を前《まえ》に恐《おそ》れおののいている私《わたし》の手《て》を、夜宮《よみや》くんがそっと握《にぎ》ってくれた。

手《て》を引《ひ》かれて、お家《うち》の中《なか》に入《はい》る。

どこまで続《つづ》いているんだろう……このお家《うち》、本当《ほんとう》に広《ひろ》いな……。

「……前《まえ》に、千結《ちゆ》が家《いえ》に来《き》たとき、両親《りょうしん》は仕事《しごと》で忙《いそが》しいって言《い》ったよな？」

そういえば夜宮《よみや》くん、前《まえ》に……。

『あの人《ひと》たち、昔《むかし》から忙《いそが》しいから、基本《きほん》ずっと家《いえ》にひとりだし』

って言《い》ってたけど……お父《とう》さんの存在《そんざい》も、知《し》らなかったみたいだった……。

どんな事情《じじょう》があるんだろう……。

わからないけど、何《なに》を聞《き》いても、夜宮《よみや》くんに対《たい》する気持《きも》ちは変《か》わらない。

「俺《おれ》、本当《ほんとう》は……祖父《そふ》に育《そだ》てられたんだ」

そうだったんだ……。

一際大《ひときわおお》きな扉《とびら》の前《まえ》で、立《た》ち止《ど》まった夜宮《よみや》くん。

そのまま、夜宮《よみや》くんは扉《とびら》を開《あ》けた。

扉《とびら》の先《さき》にいたのは……杖《つえ》をついた、六十歳《ろくじっさい》くらいのおじさんだった。

「ただいま帰《かえ》りました」

「おかえり、よく来《き》たね」

この人《ひと》が……夜宮《よみや》くんの、おじいさん……？

「は、はじめまして、白咲千結《しろさきちゆ》です……！　これ、お口《くち》に合《あ》うかわかりませんが……！」

急《いそ》いで挨拶《あいさつ》をして、手土産《てみやげ》を渡《わた》す。

「千結《ちゆ》さんか。ゆっくりしておゆき」

微笑《ほほえ》んでくれたおじいさんを見《み》て、ほっと安心《あんしん》した。

怖《こわ》い人《ひと》かと思《おも》ったけど、優《やさ》しそうでよかった……。

「朔《さく》、久《ひさ》しぶりだなぁ。元気《げんき》にしてるのか？」

「はい。おじいさまもお元気《げんき》そうで何《なに》よりです」

「この通《とお》り、まだまだ元気《げんき》……ッ、ゴホッ」

「大丈夫《だいじょうぶ》ですか⁉」

せきこみはじめたおじいさんを、心配《しんぱい》そうに見《み》つめている夜宮《よみや》くん。

私《わたし》も心配《しんぱい》で、おじいさんに近《ちか》づく。

だ、大丈夫《だいじょうぶ》かな……⁉

「ああ、平気《へいき》だよ。朔《さく》は心配性《しんぱいしょう》だな」

微笑《ほほえ》んだおじいさんを見《み》て、夜宮《よみや》くんもほっと表情《ひょうじょう》をゆるめた。

あ……すごく優《やさ》しい表情《ひょうじょう》……。誰《だれ》かをこんなふうに見《み》ている夜宮《よみや》くん、初《はじ》めて見《み》るかも……。

おじいちゃん子《こ》なんだなぁ……。

「……千結《ちゆ》さん、だったか」

「はいっ」

名前《なまえ》を呼《よ》ばれて、背筋《せすじ》をぴんと伸《の》ばした。

「朔《さく》は一見分《いっけんわ》かり辛《づら》いが、愛情深《あいじょうぶか》い子《こ》だ。よろしく頼《たの》むよ」

おじいさん……。

てっきり、君《きみ》は朔《さく》にふさわしくないって言《い》われてしまうかと思《おも》ってた……。

朝《あさ》から胃《い》が痛《いた》かったけど、こんなに優《やさ》しいご家族《かぞく》で、よかった……。

「はい……！」

「おじいさま……」

夜宮《よみや》くんも、うれしそうにおじいさんを見《み》ていた。

ふふっ……夜宮《よみや》くんはきっと、このおじいさんからたくさん愛情《あいじょう》を受《う》けて育《そだ》ったんだろうな……。

夜宮《よみや》くんが愛《あい》されてて、よかった……。

朔《さく》は一見《いっけん》分《わ》かり辛《づら》いが愛情深《あいじょうぶか》い子《こ》だ
よろしく頼《たの》むよ
はい…！
おじいさま…

そのあと、おじいさんとたくさんお話《はなし》をした。

学校《がっこう》のことや、普段《ふだん》の夜宮《よみや》くんのこと。

夜宮《よみや》くんはずっと照《て》れくさそうにしていたけど、心《こころ》なしかうれしそうにも見《み》えた。

「それじゃあ、そろそろ失礼《しつれい》します」

いつのまにか夕方《ゆうがた》になっていて、私《わたし》もソファから立《た》ち上《あ》がる。

「今日《きょう》はお時間《じかん》を作《つく》っていただき、ありがとうございました……！」

「こちらこそ、来《き》てくれてありがとう。たくさんお話《はな》しできて楽《たの》しかったよ」

おじいさんの笑顔《えがお》に、胸《むね》の奥《おく》が温《あたた》かくなる。

「そうだ朔《さく》、おいしい紅茶《こうちゃ》があるから、おみやげに持《も》って帰《かえ》りなさい。ちょっと待《ま》っていてくれ、厨房《ちゅうぼう》に取《と》りに……」

「ああ、俺《おれ》が取《と》りにいきます」

「ありがとう。入《はい》ってすぐのところに、紙袋《かみぶくろ》があるから」

「わかりました。千結《ちゆ》、ちょっと待《ま》ってて」

夜宮《よみや》くんが出《で》ていって、おじいさんとふたりきりになった。

ふ、ふたりきり……緊張《きんちょう》する……。

「ふふっ、話を聞《き》いて、朔《さく》と千結《ちゆ》さんが想《おも》いあっていることがよく伝《つた》わったよ」

おじいさんは、そう言《い》って微笑《ほほえ》んでくれた。

「いえ、そんな……」

「だからこそ、離《はな》れるなら早《はや》いほうがいい」

……え？

突然《とつぜん》表情《ひょうじょう》を変《か》えたおじいさんに、ゾッと背筋《せすじ》が凍《こお》る。

この人《ひと》は……誰《だれ》？　さっきまで一緒《いっしょ》にいた人《ひと》と、同一人物《どういつじんぶつ》……？

そう疑《うたが》いたくなるほど、別人《べつじん》のように怖《こわ》い顔《かお》をしていた。

「あ、あの……」

「単刀直入《たんとうちょくにゅう》に言《い》おう」

私《わたし》を見下《みお》ろしながら、にらみつけてきたおじいさん。

「朔《さく》と——別《わか》れてくれないか」


【END】

単刀直入《たんとうちょくにゅう》に言《い》おう
朔《さく》と別《わか》れてくれないか

次回予告《じかいよこく》

「朔《さく》と千結《ちゆ》さんには、同《おな》じ道《みち》を歩《あゆ》んでほしくない」

学園祭《がくえんさい》の危機《きき》を乗《の》り越《こ》えてさらに絆《きずな》が深《ふか》まったふたりの前《まえ》に、現《あらわ》れた最大《さいだい》の敵《てき》。

「私《わたし》が別《わか》れようって言《い》ったら、どうする……？」

「……っ、え？」

ラブラブなふたりに、別《わか》れの危機《きき》？

「朔《さく》との記憶《きおく》を消《け》させてもらう」

「誰《だれ》に何《なに》を言《い》われても、俺《おれ》は千結《ちゆ》と一緒《いっしょ》にいたい」

ふたりの恋《こい》の行方《ゆくえ》は――？

「夜宮《よみや》くんと、ずっと一緒《いっしょ》にいたいよ」
「絶対《ぜったい》に俺《おれ》から離《はな》れないって、約束《やくそく》して」

さらに、謎多《なぞおお》きサッカー部《ぶ》のエースも登場《とうじょう》？

「サッカー部《ぶ》のマネージャーになってくれないかな？」

ふたりの愛《あい》が試《ため》される？　溺愛加速《できあいかそく》の第《だい》④巻《かん》は【二〇二五年二月二〇日】発売予定《はつばいよてい》！

あとがき

こんにちは、作者《さくしゃ》の＊あいら＊と申《もう》します！

『吸血鬼《きゅうけつき》と薔薇少女《ばらしょうじょ》③　学園祭《がくえんさい》に新《あら》たなイケメン吸血鬼《きゅうけつき》現《あらわ》る！』を読《よ》んでくださって、ありがとうございます！
③巻《かん》は、②巻《かん》ラストに登場《とうじょう》したライバルの一翠《いっすい》くんが活躍《かつやく》してくれました……！
実《じつ》は一翠《いっすい》くんのキャラデザがとても好《す》きで、朝香《あさか》のりこ先生《せんせい》が描《えが》かれる男《おとこ》の子《こ》はいつもかっこいい＆美《うつく》しいのですが、一翠《いっすい》くんはとくに美《うつく》しさが神《かみ》がかっているなと思《おも》っております……！

そして紗雪《さゆき》ちゃん……！　原作《げんさく》でも大好《だいす》きなキャラクターで、ノベライズでは夜宮《よみや》くんとの関係《かんけい》が少《すこ》し変《か》わっているのですが、紗雪《さゆき》ちゃんはとてもいい子《こ》なので、まだコミックスを読《よ》んだことがないという方《かた》には、ぜひ朝香《あさか》のりこ先生《せんせい》の原作《げんさく》コミックスを読《よ》んでいただきたいです……！

そして、④巻《かん》では少し《すこ》不穏《ふおん》な予告《よこく》のシーンがありましたが、ふたりがどうなってしまうのか、ぜひ楽《たの》しみにしていただけるとうれしいです……！　さらに、新《しん》キャラも登場《とうじょう》の予感《よかん》です……！

そしてそして、実《じつ》は今年《ことし》の四月二十七日《しがつにじゅうしちにち》に朝香《あさか》のりこ先生《せんせい》と合同《ごうどう》のサイン会《かい》を開催《かいさい》させていただきました……！　ご来場《らいじょう》くださった方《かた》、本当《ほんとう》にありがとうございました！

読者《どくしゃ》さまと直接《ちょくせつ》お話《はな》しさせていただけて、とてもとてもうれしかったです……！

初《はじ》めてのサイン会《かい》ですごく緊張《きんちょう》していたのですが、サイン会《かい》が始《はじ》まる前《まえ》に朝香先生《あさかせんせい》がアドバイスをくださったり、今《いま》までのサイン会《かい》のお話《はなし》をしてくださったりと、とてもお世話《せわ》になりました……！　朝香先生《あさかせんせい》は本当《ほんとう》に女神《めがみ》の生《う》まれ変《か》わりのような方《かた》で、いつも朝《あさ》香先生《かせんせい》のお優《やさ》しさに救《すく》われてばかりの私《わたし》です……！

朝香先生《あさかせんせい》の担当編集《たんとうへんしゅう》さんである汪《おう》さんもアドバイスをくださり、皆《みな》さんに支《ささ》えられてばかりのサイン会《かい》でした……！

携《たずさ》わってくださった方々《かたがた》、本当《ほんとう》にありがとうございました……！

そしてご来場《らいじょう》くださった読者《どくしゃ》さまから、たくさんのパワーをいただき、一層《いっそう》がんばらなくてはと身《み》が引《ひ》きしまりました！　優《やさ》しい読者《どくしゃ》さまばかりで、自分《じぶん》が幸《しあわ》せ者《もの》であることをあらためて実感《じっかん》した夢《ゆめ》のような時間《じかん》でした……！

本当《ほんとう》に本当《ほんとう》に、ありがとうございました！

これからも執筆活動《しっぴつかつどう》がんばりますので、よろしくお願《ねが》いいたします……！

あらためて、ここまで読《よ》んでくださってありがとうございます！

そしてそして、本作《ほんさく》の書籍化《しょせきか》に携《たずさ》わってくださった方々《かたがた》にも感謝《かんしゃ》を述《の》べさせてください！

素敵《すてき》な原作《げんさく》を生《う》み出《だ》してくださった朝香《あさか》のりこ先生《せんせい》！　素敵《すてき》なデザインに仕上《しあ》げてくださったデザイナーさま！

本作《ほんさく》に関《かか》わってくださったすべての方《かた》に、深《ふか》く感謝申《かんしゃもう》し上《あ》げます！

また次《つぎ》の巻《かん》でもお会《あ》いできることを願《ねが》っています！

二〇二四年一〇月二〇日　＊あいら＊

野いちごジュニア文庫

著・＊あいら＊

ハッピーエンドを専門に執筆活動をしている。2010年8月『極上♥恋愛主義』が書籍化され、ケータイ小説史上最年少作家として話題に。ケータイ小説文庫のシリーズ作品では、『溺愛120%の恋♡』シリーズ（全6巻）、『総長さま、溺愛中につき。』（全4巻）に引き続き、『極上男子は、地味子を奪いたい。』（全6巻）も大ヒット。野いちごジュニア文庫でも、胸キュンしたい読者に多くの反響を得ている。小説サイト「野いちご」で執筆活動中。

絵＆原作・朝香のりこ（あさか　のりこ）

少女漫画家。第2回 りぼん新人まんがグランプリにて『恋して祈れば』が準グランプリを受賞し、2015年にデビュー。既刊に『吸血鬼と薔薇少女』全11巻（集英社刊）があり、人気を博している。＊あいら＊によるケータイ小説文庫版『総長さま、溺愛中につき。』（スターツ出版刊）シリーズのカバーとコミカライズも手掛けている（漫画版『総長さま、溺愛中につき。』は集英社・りぼんマスコットコミックスより発売）。月刊少女コミック誌「りぼん」で執筆活動中。

吸血鬼と薔薇少女③
学園祭に新たなイケメン吸血鬼現る！

2024年10月20日 初版第1刷発行

著　　者　＊あいら＊　
原　　作　朝香のりこ　
発 行 人　菊地修一
デザイン　カバー　北國ヤヨイ（ucai）
　　　　　ロゴ　　釜ヶ谷瑞希+ベイブリッジ・スタジオ
発 行 所　スターツ出版株式会社
　　　　　〒104-0031 東京都中央区京橋1-3-1 八重洲口大栄ビル7F
　　　　　TEL 03-6202-0386（出版マーケティンググループ）
　　　　　TEL 050-5538-5679（書店様向けご注文専用ダイヤル）
印 刷 所　大日本印刷株式会社

Printed in Japan
ISBN 978-4-8137-8176-9 C8293

ファンレターのあて先

〒104-0031　東京都中央区京橋1-3-1 八重洲口大栄ビル7F
スターツ出版（株）書籍編集部 気付
＊あいら＊先生
いただいたお便りは編集部から先生におわたしいたします。

累計《るいけい》50万《まん》部《ぶ》♥
原作《げんさく》コミックスもチェックしてね♪
全《ぜん》11巻《かん》
大人気《だいにんき》
発売中《はつばいちゅう》!
吸血鬼と薔薇少女
RMC
心臓
白咲さんの血の味好みなんだよね
俺に恋してもっと吸わせてよ
あのシーンも
このシーンも
まんがで読《よ》めちゃう!
吸《きゅう》血《けつ》鬼《き》と薔《ば》薇《ら》少《しょう》女《じょ》
朝《あさ》香《か》のりこ
Noriko Asaka Presents
最新作《さいしんさく》『絶世《ぜっせい》の悪女《あくじょ》は魔王子《まおうじ》さまに寵愛《ちょうあい》される』（原案《げんあん》：＊あいら＊）は
少女《しょうじょ》まんが誌《し》No.1《ナンバーワン》のりぼんで連載中《れんさいちゅう》

ドキドキ＆胸《むね》きゅんがいっぱい！

野《の》いちごジュニア文庫《ぶんこ》 人気《にんき》作品《さくひん》の紹介《しょうかい》

余命《よめい》半年《はんとし》、きみと一生分《いっしょうぶん》の恋《こい》をした。

みなと・著《ちょ》

幼《おさな》いころ白血病《はっけつびょう》だったせいで、無理《むり》に笑《わら》うクセがついていた中《ちゅう》２のひまり。通学《つうがく》バスで出会《であ》った晴臣《はるおみ》だけは、「俺《おれ》の前《まえ》ではムリするな」と言《い》ってくれた。クールだけど優《やさ》しい彼《かれ》と一緒《いっしょ》にいるうちに、ひまりは本当《ほんとう》の笑顔《えがお》を取《と》り戻《もど》した。そんな中《なか》、病気《びょうき》が再発《さいはつ》して、余命《よめい》わずかだと告《つ》げられてしまい…。命《いのち》の尊《とうと》さと純愛《じゅんあい》に号泣《ごうきゅう》の感動物語《かんどうものがたり》。

ISBN978-4-8137-8175-2
定価《ていか》：847円《えん》（本体《ほんたい》770円《えん》＋税《ぜい》10%）

青春

保健室《ほけんしつ》で寝《ね》ていたら、爽《さわ》やかモテ男子《だんし》に甘《あま》く迫《せま》られちゃいました。

凩《こがらし》ちの・著《ちょ》

保健室《ほけんしつ》で寝《ね》ていた中《ちゅう》２の菜花《なのは》。目《め》を覚《さ》ますと、めちゃモテ男子《だんし》・夏目《なつめ》くんになぜか後《うし》ろから抱《だ》きしめられていて…!?「俺《おれ》と一緒《いっしょ》に寝《ね》てくれない？」と衝撃発言《しょうげきはつげん》！　スキあらば迫《せま》ってくる夏目《なつめ》くんの溺愛《できあい》攻《ぜ》めに、はじめは戸惑《とまど》う菜花《なのは》だったけれど、ピンチの時《とき》は助《たす》けてくれたり本当《ほんとう》は優《やさ》しい彼《かれ》のことが次第《しだい》に気《き》になって…。ドキドキ学園《がくえん》ラブ♡

ISBN978-4-8137-8174-5
定価《ていか》：858円《えん》（本体《ほんたい》780円《えん》＋税《ぜい》10%）

恋愛

溺愛《できあい》MAX《マックス》な恋《こい》スペシャル♡Pink《ピンク》
野《の》いちごジュニア文庫《ぶんこ》超人気《ちょうにんき》シリーズ集《しゅう》！

＊あいら＊・高杉六花《たかすぎりっか》・青山《あおやま》そらら・ゆいっと・著《ちょ》

野《の》いちごジュニア文庫《ぶんこ》で絶対《ぜったい》にはずせない！　大人気《だいにんき》シリーズの溺愛《できあい》ラブを５つお届《とど》け！「総長《そうちょう》さま、溺愛中《できあいちゅう》につき。」と「ウタイテ！」の2大《だい》きゅんコラボ!?　無敵《むてき》の総長《そうちょう》さま、人気絶大《にんきぜつだい》な歌《うた》い手《て》たち、同居中《どうきょちゅう》のめちゃモテ男子《だんし》…タイプの違《ちが》う最強男子《さいきょうだんし》たちからキケンなくらい愛《あい》されちゃう!?　ここでしか読《よ》めないスペシャルなお話《はなし》が大集合《だいしゅうごう》♡

ISBN978-4-8137-8173-8
定価《ていか》：836円《えん》（本体《ほんたい》760円《えん》＋税《ぜい》10%）

恋愛

ドキドキ＆胸《むね》きゅんがいっぱい！

野《の》いちごジュニア文《ぶん》庫《こ》 人《にん》気《き》作《さく》品《ひん》の紹《しょう》介《かい》

最強《さいきょう》ボディガードの幼《おさな》なじみが、絶対《ぜったい》に離《はな》してくれません！【取《と》り扱《あつか》い注意《ちゅうい》⚠最強男子《さいきょうだんし》シリーズ】

梶《かじ》ゆいな・著《ちょ》

名門《めいもん》の宝城学園《ほうじょうがくえん》に通《かよ》う美羽《みはね》は、心配性《しんぱいしょう》なお父《とう》さんにボディガードをつけられる。その正体《しょうたい》は、超《ちょう》イケメン幼《おさな》なじみの恭弥《きょうや》と仲間《なかま》の先輩達《せんぱいたち》で!?　モテモテだけど女子《じょし》に無《む》関心《かんしん》な恭弥《きょうや》。でも、美羽《みはね》には「ずっと一緒《いっしょ》にいたい」と宣《せん》言《げん》！　ピンチの時《とき》は絶対《ぜったい》に助《たす》けてくれる恭弥《きょうや》に美羽《みはね》もドキドキが止《と》まらなくて…。最強男子《さいきょうだんし》の甘々《あまあま》ギャップに注意《ちゅうい》♡

ISBN978-4-8137-8172-1
定価《ていか》：814円《えん》（本体《ほんたい》740円《えん》＋税《ぜい》10%）

恋愛

都道府県男子《とどうふけんだんし》！①　イケメン47人《にん》が地味子《じみこ》を取《と》り合《あ》い!?

あさばみゆき・著《ちょ》

中《ちゅう》2のほずみは漫画《まんが》が大好《だいす》き。ある日《ひ》、苦手《にがて》な地理《ちり》の宿題《しゅくだい》中《ちゅう》、都道府県《とどうふけん》をイメージした男子《だんし》を落書《らくが》きしたら…なんと学校《がっこう》にイケメンだらけのクラスが現《あらわ》れて!?　クールな東《とう》京《きょう》くん、ムードメーカーの大阪《おおさか》くん…全員《ぜんいん》、落書《らくが》きした男《だん》子《し》たち!?　さらに、ほずみを取《と》り合《あ》う溺愛《できあい》バトルがはじまって…!?　大人気《だいにんき》あさばみゆきが贈《おく》る擬人化《ぎじんか》ラブコメ♡

ISBN978-4-8137-8171-4
定価《ていか》：825円《えん》（本体《ほんたい》750円《えん》＋税《ぜい》10%）

恋愛

イジメ返《がえ》し　イジメっ子《こ》3人《にん》に仕返《しかえ》しします

なぁな・著《ちょ》

中《ちゅう》1の花菜《はな》のクラスには、カーストトップの早紀《さき》、澪《みお》、青《あお》葉《ば》がいる。ささいなことがきっかけで、花菜《はな》は早紀《さき》たちからイジメられるように…。つらい日々《ひび》を送《おく》っていた時《とき》、隣《となり》のクラスの美少女《びしょうじょ》・カンナから「イジメ返《がえ》し」を提案《ていあん》されて…!?　「100倍《ばい》にして、仕返《しかえ》ししない？」さぁ、一《いっ》緒《しょ》にはじめよう。とびきりのイジメ返《がえ》し──。

ISBN978-4-8137-8170-7
定価《ていか》：836円《えん》（本体《ほんたい》760円《えん》＋税《ぜい》10%）

ホラー